Illustration : Ryou Mizukane

セシル文庫

一歩、前に

～ 潔癖性からの卒業 ～

chi-co

イラストレーション／みずかねりょう

一歩、前に　～潔癖症からの卒業～◆目次

一歩、前に

～潔癖症からの卒業～

スタート　ドキドキ過ごす時間

「……よし」

自分自身に気合いを入れた白石遥《しらいしはるか》は、慣れた手つきで薄い手袋をはめる。何軒も回ってようやく見つけた、ごく薄のゴム製の手袋だ。その上から普通の手袋をはめ、何度も確認してから遥はようやく安堵の息をつく。寒い季節は、こうして手袋をはめても奇異《きい》に思われないので本当に楽だ。

夏など、周りの視線が気になって人前では手袋をつけないが、それだと日に何度となく手を洗わなければならないので大変なのだ。

「ベランダの鍵よし、ガスよし、電気よし」

部屋の時計を見ると、もう午前六時を過ぎていた。いつもの出掛ける時間だ。

「行ってきます」

誰もいない部屋を振り返ってそう言うと、遥は慎重に鍵をしめた。一人暮らしを始めてもう一カ月も経つというのに、寂しさももちろんだが、家をあけるということにいまだに不安がある。

窓の鍵も何度も確かめたし、ガスの元栓《もとせん》や電気も確認はしたはずなのに、案の定ドアを開けて鍵を閉める前にどうしても気になって、また部屋の中に逆戻りをした。

それを何度か繰り返し、もう十分近く過ぎてしまった。本当にもう急がなければ遅刻してしまう。

遥はなんとか不安を頭の中から押しやってマンションの外に出た。単身者の多い二階建てのワンルームマンションの一階を選んだのは、エレベーターに乗りたくないからだ。

十月になり、かなり寒くなってきたが、まだこの時期外は明るい。

凍える風に身をすくめながら住宅街を歩き、数分後には最寄りのバス停に着く。ちょうど、バスもやってきた。

数人いたサラリーマンと大学生ふうの男が遥の顔をちらっと見たが、特に言葉を交わすこともなく再びそれぞれが音楽を聴いたり、携帯をいじったりし始める。一カ月にもなるので顔見知りと言えばそうなのだが、挨拶も交わさないのは少しだけ寂しい。しかし、きっとそれは自分の行動が少しおかしいせいだと諦めていた。

五分もせずにやってきたバスが止まる。次々に乗りこんでいく人々を見送り、その場には遥だけが残った。

「今日も乗らないんですか？」

運転手がそう声を掛けてくれたが、遥はコクンと頷き、申し訳なく思いながら言う。

「すみません、行ってください」

通勤ラッシュよりも早い時間のせいか、バスの中は空席が目立つ。

この先には大学があるが、午前六時半という時間では学生の数も少ない。彼らはバス停に立ちながら乗りこまない遥のことをどう思うだろうか……そんなことをふと思ってしまったが、どうしても足がタラップに上がらないのだからしかたがない。

「……急がなきゃ」

遥の職場は、その大学の図書館だ。十キロほど先のそこまではバスなら二十分ほどで着くが、徒歩だと二時間近くはかかる。そのために毎朝かなり早めに家を出ていた。

天気ならいいが、雨が降ったりしたら大変だ。もう少しして、雪が積もってしまったらどうなるか、今から考えても頭が痛いが、その時はもっと早く起きたらいい。

せっかく父のコネで見つかった就職先だ。しかも、大学内の図書館という閉鎖的な空間は遥にはもってこいの環境で、絶対にクビになりたくなかった。

「おはようございます」

一時間五十分かかり、遥はようやく職場に着いた。

開館時間は午前九時。職員は八時半までには来なければならず、その中でも一番下っ端の遥は本来真っ先に出勤しなければならない立場だ。

しかし、同じ職場に勤める彼らは遥の事情を知っていて、「八時四十五分までに来ればいいから」と言ってくれている。

その言葉に甘えてばかりはいられないとできるだけ急いではいるが、今のところなんとか出勤時間に間に合うくらいだった。

「おう、はよ」

先輩の図書館司書である堺《さかい》が振り向いて声を掛けてくれる。今年三十二歳になる堺は遥の指導員だ。この大学の卒業生で、図書館の仕事以外にも色々と相談を持ち掛けられている姿を何度も見かけたことがある。

この国立大学内の図書館には、現在遥を含めた十人が勤務していて、堺を含め司書の資格を持っているのはその半数の五人だ。なかなか新規採用がない中、結婚退職で空いた席に遥の父が無理を言って勤めることになったが、まだ臨時職員という肩書だった。

それでも、十分恵まれていると遥は思っている。職員はみんな遥よりも年上の人ばかりなので、可愛がってもらっていた。

「今日も歩いてきたのか?」

「はい」

遥が頷くと、堺は苦笑を零《こぼ》しながら髪を撫でてくれようとして、はっと気づいたように手を引っ込めた。触れられるのが苦手なことをちゃんと覚えてくれているからだ。

勤め始めた当初は、側に近寄られるだけで身体が硬直し、とっさに後ずさったりもしてしまった。

可愛くない態度ばかり取っていたのに、積極的にかかわってくれる堺たちには感謝してもし足りないくらいだ。

「でも、手袋しているんだし、冬くらいはバスに乗ったらどうだ?」

「それは、いつも思ってるんですけど……」

「足が上がらない?」

「……はい」

自分の意気地のなさを思って唇を噛めば、堺はバ～カと軽口をたたく。

「まあ、誰だって苦手なことくらいあるしな。健康のために歩くのも悪くない」

「最近は二時間を切るんですよ。知らない間に足も鍛《きた》えられてるのかもしれませんね」

堺の慰《なぐさ》めに乗ってそう言えば、凄《すご》いなと褒められた。

「さてと、さっそく開館の準備を始めてくれ」

「はい」

遥は急いで控室《ひかえしつ》に向かうと制服に着替え、再び図書館の中へと戻る。その際に毛糸の手袋は取ったが、その下の薄手のゴム手袋はそのままだ。

「おはよう、白石さん」

「おはようございます」

他の職員とも次々と言葉を交わしながら本の整理を始めるが、みんな遥のゴム手袋のことは何も言わない。

面接に来た時と、採用が決まって図書館職員全員の前で挨拶をした時に、遥は自身の事情は隠さずに説明をしていた。けして自慢できる話ではないが、避けては通れないことだ。そして、みんなはそんな遥を受け入れ、協力をしてくれた。

（本当に、ここに勤めることができてよかった）

もしかしたら、一生家から出ることができないかと思ったが、思いがけなくこんなにも世界は広がった。自分にはもう人並な生活は無理だと諦めていたのが嘘みたいだ。

なぜ、遥がそう思っていたか――実は、遥は潔癖症《けっぺきしょう》だった。

小学校五年生までは、遥もごく普通の子供だった。友人たちとジュースを回し飲みできたし、同じ箸《はし》で料理だって食べることができた。

そんな遥が潔癖症になったのは、変質者に悪戯《いたずら》されたからだ。夕方の公園で、友人と別れて家路につこうとした時、唐突に腕を掴まれ、遊具《ゆうぐ》の陰に引きずり込まれた。夏だったのでハーフパンツを穿《は》いていたため、その裾から手を入れられ、腿をねっとりと撫でられた。Tシャツも捲《めく》りあげられ、そのまま顔を近づけられた時、たまたま犬の散歩に来ていたおばさんが吠える犬に引っ張られるようにして物影の遥を見つけてくれた。

大声で叫ぶおばさんに、すぐに逃げた男。

お巡りさんがやってきて、母が抱きしめてくれても、遥の硬直した身体は解けず、喉に張り付いた声も出てこなかった。

その変質者はすぐに捕まり、事情を説明に来てくれたお巡りさんの話では、どうやら遥を女の子と間違って悪戯をしようとしたらしいということがわかった。その頃の遥は小柄で、女顔で、一見して少女と間違われてもおかしくはなかった容姿だった。

みんな、何もなくてよかったと言ってくれた。

両親は、あんなことはすぐに忘れなさいと告げた。

しかし、遥はそれを忘れることができなかった。大人の男の手が足や腹を撫でた感触は簡単には消えず、思い出すごとに吐いた。

そんな遥の反応に、その事件を知った見知らぬ人はもっと酷い悪戯をされたんじゃないかと邪推《じゃすい》をするようになった。家を出た瞬間に、好奇の目に晒《さら》されているような気がして、遥はますます自身の殻《から》に閉じこもるようになった。

そんな遥を励ましてくれたのは両親だ。

現状が遥にとってよくないと判断してすぐに引っ越しをし、事件のことを知らない土地にやってきた。学校に行きたくないという遥に無理強《じ》いをせず、家の中で勉強も見てくれた。自分を愛してくれる両親の愛情に応えなければならないと、遥は中学進学を機に学校に行くようになったが、あの事件の後遺症は忘れたつもりでもしっかりと身体の、心の中に残ってしまった。それが、潔癖症という病《やまい》だ。

始めは、大人の男に対してだけだったが、怯える心は次第にその病気を悪化させていった。

唾が、汗が、気持ち悪い。

肩を叩かれるのも、手を掴まれるのも、込み上げてくる吐き気《け》を抑えるのが大変だった。

少しでも他人に触れた瞬間に手を消毒し、常にマスクをしている遥を、同級生たちは初め奇異の目で見ていた。

　つらくて、温かな家の中に閉じこもりたい。しかし、そんな両親にも、触れられるのを恐怖に感じる自分が情けなくてしかたがなかった。

　死んだら楽になるのかもしれないと思ったのも、一度や二度ではない。ただ実行する勇気がなかっただけだ。

　しかし、逃げたいと思う遥の気持ちをとどめたのもまた、両親への思いだった。

　学校に行くようになった遥を毎日嬉しそうに見つめてくれる両親を悲しませたくなくて、遥は思い切って同級生たちに潔癖症であることを告白した。けして、みんなを嫌っているわけではないと、なんとか声を振り絞った。さすがにその理由は言えなかったが、他人と触れあうことが苦痛だと正直に言うと、数人ではあったが、そんな遥を受け入れてくれた。

　中にはあからさまな嫌悪の表情を見せた者もいたし、理解できないとさらに距離をおいた者、好奇な目を向ける者もいたが、ようやくできた友人たちのおかげで遥は中学を卒業、そして、人との距離を量れるようになって、高校もなんとか卒業できた。

　大学生になる頃にはかなり潔癖症は改善されたが、それでも生身の他人と触れあうのは大変で、ゴム製の手袋を手放すことはできなかった。

　そして、そこからがまた、大変だった。

一般企業に就職するのはやはり自分の病気はネックで、卒業を迎えても内定は取れなかった。両親は急ぐことはないと言ってくれたが、バイトもしないで家に閉じこもってばかりの現状はとてもつらかった。

数少ない友人たちはちゃんと世の中に出て働いていて、時折来る電話やメールでは、大変ながらも充実した日々を過ごしていることが感じ取れた。

自分だけが置いていかれたような、空虚《くうきょ》な日々が過ぎ、焦りと諦めが交互に胸の中を支配していた――――その半年後に、空席になったこの図書館の臨時職員に採用してもらい、ようやく一カ月が経った。

両親に甘えないように一人暮らしも始めることにしたが、家からあまり遠くない場所にと言われてしまい、大学への距離は結構離れてしまった。そのせいで通勤は大変だが、身体のために歩くことも悪くはないと自分に言い聞かせていた。なにより、働いている充実感はそんなものを苦にもさせなかった。

「白石君、こっち手伝ってくれる？」

「はいっ」

図書館の中では、本を大切に扱うためだと言って手袋をすることも許可してもらっている。来館する人間もほぼ決まっていて、今は緊張感もかなり緩《ゆる》めることができた。

無我夢中で飛び込んだ職場だが、今ではちゃんと司書の資格を取りたいという意欲も出てきている。

「今日も頑張りましょうね」

「はい」

母と同世代の同僚に向かい、遥はにっこりと笑いかけた。

一歩め　キラキラひかる人

月曜日。

今日もまたバス停まで来た遥は、やってきたバスをじっと見つめる。今日こそはバスに乗ることができるだろうかと思ったが、やはり不特定多数の人間が触れている椅子や手摺《てすり》、吊り輪に触れることは怖いし、揺れた時に誰かにぶつかったらと思うとどうしても足が動かなくて、今日もまた見送ってしまった。

「……駄目だなあ」

頑張って前向きにいかないとと思うのに、ある一線がどうしても越えられない。情けない自分に溜め息をつきながら走り出すバスを見送った遥は、ふと窓際に座った人物と目が合った気がした。

遥の視線を感じたのか、軽く頭を下げられたが、その横顔に見覚えはない。スーツを着ていないので学生だろうと思うが、もしかしたら図書館で会っているのだろうかと首を傾《かし》げた。

　そう言えば、ここ最近ずっとあの視線の主と目が合う気がする。それはほんの一瞬で、顔さえもよく見えない相手だ。向こうからしたら、毎回バス停に立っているくせに乗らない遥を不審に思って見ているだけなのかもしれないが、なんだか勝手に馴染《なじみ》になったつもりで思わず呟《つぶや》いてしまった。

「おはようございます」

　その間にも、あっという間にバスは遥のずっと前方を走っている。遥も遅刻しないようにと大学への道のりを急いだ。


　控室で昼食をとると、堺が椅子から立ち上がった。

「何か急ぎの仕事があるんですか？」

　まだ休憩時間が終わるまで間があったのでそう訊ねると、

「んや、コーヒー飲もうと思って」

　そう、言葉を返された。いつもは前もって用意している堺だが、今日はたまたま買ってくるのを忘れたらしい。

「じゃあ、僕が行ってきます」

「いいって、パシリに使っているみたいだろ」

「そんなことないですよ」

　堺が遥のことを可愛がっているのは周知のことだ。普段なにかれと手を貸してくれている堺の少しは力になりたくて、遥は手早く弁当をしまうと自《みずか》ら財布を持って自動販売機に向かった。

　堺がいつも買うものは知っている。遥は水筒を持ってきているので外で飲み物は買わないが、それでも初出勤の時に大学内のことはだいたい教えてもらっていたので、その場所がどこにあるのかはわかった。

「えーっと、砂糖とミルクたっぷりの……あ、これだ」

　目当ての缶コーヒーを見つけ、小銭《こぜに》を入れてボタンを押そうとした遥は、

「！」

　不意に横から伸びてきた指が自身のそれに触れそうになり、ビクッと手を引っ込めてしまった。

　手袋をしているので大丈夫なはずだが、こうして不意打ちの接触には鼓動が早く、身体

が緊張で強張《こわば》ってしまう。事情を知っている者はいいが、まったくの第三者だと訝《いぶか》られること間違いない態度だ。

変な噂が流されてしまうかもしれない……過去が一瞬頭の中を過《よぎ》った遥の耳に、柔らかな声が届いた。

「大丈夫ですか？」

「……っ」

「具合でも……」

心配そうな声と共に、肩に触れそうな手の気配がして、遥はとっさに身を捩《よじ》って相手から大きく距離をとった。

すると、必然的に、今声を掛けてきた人物と向かい合う形になる。逃げ出したくなるのを必死に耐えるために両手を握りしめながら、遥は何とか相手の顔を見た。

一七〇に僅《わず》かに届かない遥が見上げなければならない身長は、きっと一八〇を軽く超えているはずだ。母に髪を切ってもらっている自分は真っ黒で短いだけだが、目の前の人物――若い男は、綺麗な栗色《くりいろ》に染めた、お洒落《しやれ》な髪型をしていた。

（何年生だろ……？）

子供っぽく見られがちな遥よりも随分大人びた眼差しをしているが、普通に考えたら自分よりも年下のはずだ。

「あの？」

男は、黙ったまま視線を向けている遥に戸惑っているようだ。ようやく初めの衝撃から落ち着いてきた遥は、ぎこちない笑みを頰に浮かべた。

「す、みません」

先に金を入れたのは自分なので、どうして横から手を出した男の指が触れそうになったのかはわからないが、理由がどうであれ過剰な反応をしてしまったこちらが驚かせたにちがいないと思い、謝った。

「どうして？」

「え？」

しかし、男はそう遥に問い掛けてきた。

「あなたは何も悪くないのに、どうして謝るんですか？」

まさか、そんなふうに反対に聞かれるとは思わなかった。すぐに何も気にしないようにそっぽを向くか、面白くなさそうに睨まれるかと思ったのに、不思議そうに訊ねられるわけがわからない。

「僕が、あの、驚かせたので」

「それは、俺の方でしょう?」

「……」

「今あなたが買おうとしたの、売り切れてると教えようとしたんだけど……突然背後から手を伸ばされたらびっくりしますよね?」

売り切れと言われて慌てて確認すれば、確かに赤いランプがついていた。気が急《せ》いていたせいで勘違いしていたのかと思うともっと恥ずかしくなって顔が熱くなる。

「だから、謝らなくてもいいですよ、白石さん」

「……え?」

どうして名前を知っていたんだと聞き返そうと思ったが、ふと視界の中に自分の名札が見えた。これで名前を呼ばれたのかと原因がわかれば安心できる。遥は大きく呼吸をして気を落ちつけると、男に向かって軽く頭を下げた。

「それでも、僕の反応は過剰でした。すみません」

できれば、このまま駆け足で立ち去りたかったが、そうすると目の前の学生に対してもっと悪いような気がする。

それならばと、遥はもう一度自動販売機に向き合った。

堺の好きなコーヒーはなかった。別のものを買って早く戻ろうと、再び自動販売機に向き直った遥だが、背後の男がいっこうに立ち去ろうとする気配がないことが気になる。

（な、なんだろう）

先ほどの会話で、どうやら怒っていないことはわかったが、それならばどうしてここに留まっているのか。

背後を気にするあまりボタンを押す指が震える。

（あっ）

その時、遥の目に手袋をした自分の手が映った。日常ではありえないそれに疑問を持たれるのが怖くて、遥はできるだけゆっくりと、男の視線から逃れるように手を引いた。

「じゃ、じゃあ、僕はこれで」

ガタンと音をたてて出てきた缶コーヒーを素早く手に取って踵《きびす》を返した遥は、控室に戻るなり堺に謝る。

「すみません。いつもの、売り切れていました」

「いいよ、サンキュー」

料金を差し出しながら言う堺に、これくらいは奢《おご》らせてくれと金は受け取らなかった。

いつもより苦《にが》いコーヒーを、それでも美味しそうに飲んでくれる堺を見ながら、遥はふと先ほど会った学生のことを考える。

（すごく、モテそうな感じだったな）

外見も中身も大人びた雰囲気を持つ彼は、きっと周りにたくさん友人がいて、女の子にもモテているだろう。多分、遥とは正反対の学生生活を送っているはずだ。代わりたいとは思わないが、羨《うらや》ましいとは思い、遥はハァと深い溜め息をついた。

翌日、遥はやはり出勤時間よりも早い時間にバス停へと向かう。今日こそ乗ろうと思いながらバスを待つが、相変わらず足が動かなかった。

また、いつものようにこのバスを見送るしかないのかと思っていると、なぜか今日はいつもと違い、バスから一人、誰かが下りてくる。朝、この住宅地のバス停に降り立つ人間は珍しいと思いながら視線を向けた遥は、

「……あっ」

その顔を見て思わず声を上げてしまった。

「おはようございます」

遥の視線としっかり目を合わせた男は、にっこりと笑って挨拶をしてくる。下りてきた

のは、昨日自動販売機の前で鉢合わせした学生だったのだ。

（え？　ど、どうして？）

彼がどうしてここで下りたのか、その理由がパニックになった頭の中では考え付かない間に、バスは走り去ってしまった。

「白石さん？」

「……バ」

「え？」

「バ、バス、行きましたけど？」

年下相手なのにどうしても丁寧語になってしまうが、今はそれを気にしている場合ではない。次のバスは十分後にはやってくるが、彼はそれでも時間に間に合うのだろうか。こんなに早い時間にバスに乗っているのなら、ずいぶん急いでいるはずなのに……そんなことを考えている遥の目の前で、彼は昨日見たのとはまた違う、深い笑みを向けてきた。

「ええ、わかってます」

「……じゃあ、用があってここで下りたんですか？」

たまたまなのかと思いながら問い掛けると、男はぷっと吹き出す。そんなにおかしなことを言った覚えがない遥は、その反応にますます戸惑ってしまった。

「白石さんと話そうと思って」

「……僕と？」

「はい」

「え、ど、どうして？」

「いつもここで見かけていたから。昨日のことも謝りたかったし」

「いつも……？」

そう言われた遥は、そこでようやくあることに思い当った。

それは、ここ最近バスの中からこちらを見ていた男のことだ。はっきりと顔は見ていなかったが、それでも思い返せば雰囲気が酷似《こくじ》している気がする。では、あれが、目の前のこの男だったのか。

（すごい、偶然……）

密《ひそ》かに朝の挨拶をしていた相手と目の前の男が重なり、遥は思わず嬉しくなって頬を弛《ゆる》めた。こちらが勝手に顔見知りになったと思っていたのに、相手もちゃんと遥の存在を認識してくれていたのだ。

しかし、次の瞬間にはその笑みは強張《こわば》ってしまった。毎朝自分のことを見ていたのなら、バス停に立っているくせにバスに乗らない姿も見ているはずだ。さらには、大学に勤めて

いることも知っているのなら、二時間も掛かる道のりをどうしているのか疑問に思っているかもしれない。

「え、えっと……」

どう、言えばいいのか。

迷う遥に、男の方が先に言葉を切り出した。

「俺、結城智大《ゆうきともひろ》と言います。白石さんの勤めている大学の二年です」

響きのよい結城の声は、不思議と耳に優しく届く。遥も慌てて頭を下げた。

「僕、白石遥です。図書館の臨時職員です」

有名な国立大学に通っている結城に対して、正規の職員ではない自分のことを伝えるのは少しだけ緊張したが、遥にとって今の職場はとても居心地がいい大切な場所なので、臨時雇《やと》いの身でも恥ずかしいとは思わなかった。

「俺、時々図書館に行ってるんですよ」

そんな遥の気持ちが伝わっているのか、結城はそんなことを言ってくれた。

「白石さん、なかなかカウンターに入ってくれないから俺の顔も覚えていないかもしれないけど」

確かに、図書館で結城を見かけた覚えはなかった。

それは、潔癖症の遥を思いやってくれる他の職員の気遣いだが、そう言われるとなんだかとても申し訳なく感じる。積極的に人と話すほど社交的ではないが、それでもずいぶん他者と関わるようになってきたと思っていた。しかし、まだまだなのかもしれない。

「あの」

「歩きながら話しましょうか？　このままだと白石さん、遅刻してしまうでしょう？」

その言葉に慌てて腕時計を見ると、いつもの時間から五分以上過ぎていた。確かに、遅刻したら不味《まず》いので、言葉に甘えて歩き始める。

どうしても小走りになりがちな遥とは違い、身長に見合った足の長さをしている結城の歩みはゆったりとしている。苦《く》もなく自分のペースに合わせてくれているなと思っていると、今度もまた結城の方から話しかけてくれた。

「俺、教授の手伝いをしていて、ここ一カ月毎朝早かったんです。その時、あのバス停で立っている白石さんを見かけて」

「そう、ですか」

一カ月と言えば、遥が図書館に勤め始めたのと同時期だ。すると、彼は初めからバスに乗らない自分を見ていたということになる。

「変だと思ったでしょう？　僕、人と接触するのが苦手なんです」

「苦手?」

きっと、疑問に思っているだろう結城に、遥は隠すことなく自身の事情を吐露《とろ》した。よく知らない相手に欠点を言うのは勇気がいるが、それでも、その病気を含めた全部が自分なので取り繕《つくろ》うつもりはなかった。

今の自分は、逃げることしかできなかった小学生の自分とは違うのだ。

「潔癖症なんです。ほら、これ」

毛糸の手袋を取り、昨日も自動販売機の前で見られたはずのゴム手袋を見せると、結城は神妙な面持ちでそうだったのかと呟いた。

なかなか人の理解を得られない厄介《やっかい》な病気で、今も結城とは一定の距離を保たないと側を歩けないが、彼はそれを変ですねと否定したり、笑い飛ばしたりはしなかった。

「そのせいでバスに乗らなかったんですね」

「乗れたらいいなとは思っているんだけど……」

「もしかして、毎日あそこから大学まで歩いて?」

「健康維持《いじ》には最適だし」

苦笑すると、結城も確かにと苦笑を向けてくれた。

「俺はてっきり、バスに嫌いな奴でも乗っているのかと思ってました」

「それくらいだったら乗っていますよ」

晴れの日はともかく、雨の日などはやはり大変だ。

「そうですよね」

年下の大学生なのに、結城は遥を気遣うように会話をしてくれる。途中で、遥の方が年上なんだからと、敬語を使うのは止めて欲しいとも言われた。

大学に近づいて人波が増えてくると、自分が盾になるようにして道をあけてくれた。いつも周りに神経をとがらせながら歩いていたが、今日はかなり気が楽だ。なにより、長い道のりを共に行く人がいるというのは楽しい。

しかし、結局自分につき合わせて結城まで二時間近く歩かせてしまったことは申し訳なくて、遥は校門の前で頭を下げて礼を言った。

「今日はありがとう、歩くのをつき合ってくれて。すごく楽しかった」

「俺も、白石さんとこんなにたくさん話せて楽しかった」

長距離を歩いたとは思えないほどさわやかに笑う結城を眩《まぶ》しい思いで見つめると、何人かが彼の名前を呼んで挨拶をしてきた。

「じゃあ、僕はこれで」

大学に着けば、結城には結城の世界が待っている。外見も良く、当たりも柔らかな彼は、きっと遥が思うよりもずっと人気者に違いない。

(今日だけの、サプライズかな)

多分、昨日の自動販売機でのことを気にしてくれていたのだ。彼は何も悪くないのに気遣ってくれたことが素直に嬉しく思う。

明日からはまた一人での通勤になるが、今日のことを思うときっと足取りも軽くなるのではないかと思えてならなかった。


「……え?」

「おはようございます」

しかし、遥のそんな予想は綺麗に裏切られ、翌日も結城は遥の立つバス停で下りてきた。

それから毎日、結城は戸惑う遥と肩を並べて、徒歩で大学に行くようになったのだ。

「僕に気を使わなくてもいいんだよ?」

「俺も、健康のために歩こうと思って」

一日だけの特別なことだと思っていた遥は、その状況に頭がなかなかついていかない。

もちろん嫌だという思いはなかったが、どう見ても鍛えている結城が言う言葉ではなくて、彼が自分に気を使ってくれているのではないだろうかと気を揉んだ。

「俺、こうして白石さんと話すのが楽しくて」

「僕と？」

饒舌《じょうぜつ》な方ではなく、どちらかと言えば考えながら話す自分は反応が遅いと思うのだが、結城はまったく気にしないようだ。

遥の告白した潔癖性という病気のこともちゃんと考えてくれているようで、歩く時も必要以上に近づいてこないし、手を触れることもない。

「図書館だと、みんなの白石さんになるし」

「なに、それ」

確かに、結城のことにすぐ気づかなかったことを反省し、あれから図書館に来る生徒の顔を気をつけて見るようになった遥に、自然と声を掛けて来る者は増えた。しかし、それは単に仕事上のことで、そこに特別な意味があるわけではない。

そう考えると、よほど結城との方がプライベートでもかかわっていると言えた。

「こうして歩いている時は、白石さんは俺だけ見てるでしょう？」

結城はさらりとそんなことを言ってくる。

長身の身体を少し折り曲げ、顔を覗き込むようにして言う結城に、冗談だとわかっていても少しドキッとした。同じ男だというのに、いや、まだ大学生なのに、この色気《いろけ》は反則だ。女の子でなくてもドキドキするなと思いながら、遥は結城を見上げて笑いかけた。

「こんなに間近にいるんだし、結城君しか見ていられないよ」

「嬉しいな、そう言ってもらえると」

たわいない会話をしながら歩く道のりは、今まででは考えられないほど短くて、いつも大学に着いた途端感じていた疲労感はまったく感じないようになった。

大学を卒業してから数少ない友人たちと会う機会は大幅に減ってしまい、ようやく就職してからも毎日過ごすことで一生懸命で、心の余裕というものがなかったかもしれない。結城と知り合い、こうして彼と毎日話すということだけでも、遥はずいぶん気持ちの持ちようが変わった。

隣を誰かが歩くというのはとても楽しい。

からかうことはせず、かといって、さりげなく思いやってくれる結城の側は、今までになく居心地がよかった。

「白石さん」

そして、一緒に歩くようになって一週間後、歩いていた遥は目の前に差し出された携帯電話に思わず足を止めた。

「なに？」

「そろそろ、番号交換しませんか？」

「あ」

言われて初めて、遥はそのことに気がついた。

毎朝結城が遥のいるバス停に下りてくれるので待ち合わせを決めることもなく、何の不自由もなかったので、携帯電話の番号さえも交換していなかったのだ。

考えたら、遥が結城について知っているのはその名前と、大学生だということ。それ以外まったく知らないのに、何時《いつ》の間にか友人のように慣れ慣れしく接していた自分が恥ずかしい。

「まだ、駄目ですか？」

すぐに答えなかった遥に否定の意思を感じ取ったのか、結城がそのまま手を引っ込めようとする。それに、遥は慌てて鞄《かばん》の中から自分の携帯電話を取り出した。

「ううん、こちらこそ」

二人とも立ち止まり、赤外線で番号を交換する。もちろん、メールアドレスも教え合った。

すると、すぐに結城が指を走らせて携帯をいじり始める。誰かに連絡をしているのだろうかと首を傾げていた遥は、間もなく鳴った自身の携帯電話を見た。それは、たった今番号を教え合った結城からだ。目の前にいるというのにわざわざメールを送ってきた結城に、遥は妙にわくわくしながらそれを開いた。

『これからも仲良くしてください』

なんだか、くすぐったい。

ちらっと結城の顔を見上げると、彼はなんでもなさそうな普通の顔をして……いや、どこか気恥ずかしそうな表情に見える。

（なんだか、小学生に戻ったみたい）

友達になってと、ストレートに言えた頃を思い出し、遥の頬にはゆっくりと笑みが浮かんだ。

結城の行動を、ただ受け入れているだけでは年上の威厳《いげん》も何もない。遥も新しく登録したアドレスを呼びだし、少し考えてからメールを打って送信した。すぐに気づいたらしい結城が再び携帯電話に視線を落とし、やがてホッと安堵したように表情を緩めた。

『僕の方こそ、これからも仲良くしてください』

言葉で言えばもっと早いのに、改めて文章にするのは照れくさい。

「よかった」

「え？」

「フラレなくって」

友人も多いであろう結城にとって、大学の図書館の臨時職員である遥一人、友人にならなくてもなにも困りはしないはずだ。

それでも、彼は遥との出会いを大切に考えてくれている。ちゃんと、友人として受け入れようとしてくれる結城に嬉しくなり、遥はらしくもない軽口をたたいた。

「結城君を振る人なんていないでしょ」

「そんなことないですよ」

軽い否定も嫌みがないなあと、遥は携帯電話を鞄にしまいながらその横顔を見つめる。知れば知るほど、こんなにもカッコイイ結城を一人占《じ》めする人が羨ましく思った。

「本当に？」

「案外、好きな相手には強く出られない性質《たち》だから」

笑みを浮かべながら言うその姿を見ているとどうにも頷けないが、きっと結城も結城なりに思うことがあるのだろう。

「自信持っていいのに。結城君、カッコいいから」

どうやら、今は特別な相手がいないようだが、結城がその気になればすぐに恋人はできるだろう。それでも、この朝の時間はどうかなくならないでほしい。

（僕の我儘だけど）


大学の校門で結城と別れた遥は、急いで図書館に向かった。

「おはようございますっ」

すぐに制服に着替えて仕事を始めた遥に、カウンターの中にいた堺がちょいちょいと手招きをしてきた。今日は週の真ん中で比較的暇なので、遥もなんだろうと思いながら手を止めて近づいた。

「お前さ、結城と知り合いなのか？」

突然そう言われ、遥は目を瞬かせる。

「結城って……」

「今朝、一緒に歩いてたじゃないか。結城智大だよ」

堺の口から結城のフルネームが出たことに驚いて、遥は反対に聞き返した。

「結城君のこと知ってるんですか？」

「医学部で、あの顔だしな。大学内でもかなりの有名人だし、去年は委員会にも入っていたから顔を合わせることも多くてさ」

図書館に勤め始めて一カ月半。その間、遥は図書館の職員以外は事務の人間と時折話すくらいで、学生の中に知り合いはまったくいなかった。もちろん、本を借りに来たり、探しに来られたりすれば話はしたが、友人と言える間柄ではない。そんな遥は、当然大学内のことに疎《うと》かった。

結城は去年一年生代表で学園祭実行委員会に入り、かなり活躍をしたらしい。容姿とも相まって、それからさらに知名度が上がったということだ。

「なんだか、結城君らしいです」

すんなりと納得できる話だ。容姿だけではなく、あの結城の性格は遥の目から見ればキラキラと眩《まぶ》しい。その結城が学生たちの先頭に立てば、みんな快《こころよ》くついていっただろう。

そう言えば、遥に対する時も結城はいつも穏やかで、優しくて、きっと女の子にもモテモテで――――。

「で？」

「え？」

その姿を想像してぼうっとしていた遥は、慌てて堺に視線を戻した。

「その結城とお前、どういう繋がり?」

改めてそう聞かれて、遥はどこまで話せばいいのか考えた。遥にとっての出会いはあの自動販売機の前だが、そこからどうして毎朝一緒に、二時間もかけて大学までやってくるのか。改めて聞かれるとどう説明していいのか迷った。

「なんだ、秘密か?」

なかなか切り出さない遥に対し、堺はそう言ってニヤリと笑う。なんだか含みのある言い方に、遥は困って笑ってしまった。

「べ、別に秘密なんかないですよ?」

「本当に?」

「本当です」

自分と結城の関係は、知り合い以上友人未満といったところだ。いや、ようやく友人になろうとしているところか。携帯電話の番号も今日交換したばかりだった。年齢差はそれほど感じないが、やはり大学職員と学生という関係は気にかかるし、なにより結城のような男を友人と呼ぶのはおこがましい。

「ま、お前の友人が増えるのはいいことだけど」

遥の潔癖症のことを知っている堺の言葉に気遣いを感じ、遥は気恥ずかしくなって目を伏せた。年上の友人というものがほとんどいない遥にとって、堺は本当に頼れる人だ。自分のことを心底心配してくれているという思いも伝わって、遥は心配かけないようにもう一度結城との関係を口にした。

「結城君とは、学校内で知り合って。一週間前から毎朝学校まで一緒に歩いてるんです」

「え？　どこから？」

「うちの近くのバス停からですけど」

「あんなとこからか？」

堺は遥の住所を知っているので、そこから学校までの距離を考えて驚いたのだろう。バスに乗れない理由がある遥はともかく、結城がわざわざ歩く理由はすぐに思いつかなかったのかもしれない。

堺の驚きように、遥は改めて動揺した。本当に偶然の出会いからそうなったのだが、人が聞いたらやはりおかしなことなのだろうか。

「あの」

「で、あいつ、何かしてきたか？」

結城の迷惑にならないかと心配になった遥がさらに堺に訊ねようとした時、彼は探るようにそう聞いてきた。

「何かって、ただ、話しながら学校にくるだけで……」

堺が何を言おうとしているのかがわからず、遥の声はどうしても迷いを含んだものになってしまう。

別に脚色をしているわけではなく、本当に自分たちはただ一緒に歩いているだけだ。聞き上手で話上手な結城につられてずいぶん話は弾んでいるが、それ以外にしていることなどなかった。

「結城君には僕の病気のことは伝えてますし、彼もできるだけ近づかないようにしてくれてます」

気遣ってもらうのが心苦しいくらいだ。

「へえ」

遥の言葉をどうとったのか、堺は笑って手を伸ばしてくると、また直前で気がついたように引っ込めた。

大きなその手が何をしようとしてくれたのか、さすがに遥もわかっている。宥《なだ》めるように、励《はげ》ますように頭を撫でてもらうのは嬉しいと思うのに、そんな相手の優しささえ怖がってしまう自分が情けなくてしかたがない。

「まあ、いいや。何かあったら俺に言って来い。俺はお前の味方だからな」

「はい」

堺はすぐに意識を切り替えたようで、パソコンを起動してデータを打ちこみ始めた。遥も自分の仕事に移ろうとしたが、ふと手を止めて窓の外に視線を向ける。まだ時間が早いので学生の姿はほとんどなかった。

（もうちょっと、考えた方がいいのかもな）

遥にとっては結城との朝の一時《ひととき》は貴重で楽しい時間だが、他人から見たら違和感があり過ぎる組み合わせかもしれない。結城に迷惑になったらそれこそ申し訳ないので、遥は明日、ちゃんと伝えようと思った。

「……止めた方が、いい……よね」

小さく呟くと、なんだかズシンと胸に重く響いてしまった。


翌朝、いつものようにバス停に立っていると、結城がバスから下りてきた。遥の顔を見て優しく目を細めるその表情はとても年下には見えないが、遥にとって一日の活力になるキラキラした笑顔は向けられるだけでも元気になる。

「おはようございます」

「おはよう」

そして、朝一番に交わすこの会話も、遥にとっては貴重なものだったが、結城のことを考えると嬉しいからと言って何時《いつ》までも甘えているわけにはいかない。

いつものように歩こうとした結城の背中に、遥は一呼吸置いてから声を掛けた。

「結城君」

すると、結城はすぐに立ち止まって振り返ってくれる。

「なんですか?」

いつもと遥の様子が違うことに敏《さと》い彼は気づいているのだろうが、遥が切り出さない限り結城の方から切り出すことはしないでくれた。そんな結城の優しさに、遥は返って思いきることができた。

「あの、明日からはバスを下りなくてもいいよ」

しかし、遥がそう切り出すと、結城はなぜか少し目を見張る。どうやら驚いたらしいが、そんなに妙なことを言ったつもりはなかった。

もしかしたら、言葉の意味がちゃんと伝わらなかったかもしれないと、遥は自分の感謝の思いも含めて続けて言った。

「やっぱり、毎朝歩くのは大変だと思うし。僕はしかたがないけど、結城君は歩く必要もないでしょう?」

いくら教授の手伝いをしているとは言え、こんなにも毎日朝早く大学にいかなければならないということはないはずだ。

始めはごまかされてしまったが、よく聞けば教授の手伝いは毎日ではなく、しかも日に二時間程度、午前でも午後でも、結城の時間が空いている時でいいらしい。

改めて考えると、結城が遥につき合って毎日朝早く大学に行く必要はないのだ。

遥を見かけてからの最初の一カ月は確かに午前中の早い時間だったと言われても、今がそうでなければ無理に早起きさせるのは申し訳ない。

「……迷惑でしたか?」

しかし、遥の言葉をどうとったのか、結城は深刻な表情になってそんなことを言いだした。思ってもみない反応に、遥は慌てて首を横に振る。

「ぜ、全然迷惑なんかじゃないよ? そうじゃなくって、結城君の方が……っ」

結城に申し訳ないと思っている自分の気持ちをどう表現していいのか、言葉に詰まる遥をじっと見ていた結城は、なぜか大きな溜め息をついた。

年上のくせに、自分の気持ちを口にすることもできないのかと呆れられたかと思ったが、結城は自身の髪をクシャッとかきあげると、今度は自嘲《じちょう》するような笑みを口元に浮かべる。彼らしくないそんな表情に戸惑う遥に、結城はゆっくりと口を開いた。

「俺の我儘に白石さんをつき合わせてしまってるとわかっているんです」

「え？」

「白石さんの側にいるとホッとして、穏やかな空気に変化するのがわかるんです。だから、もっと一緒にいたくて……白石さんが本当は一人で通勤したがっているのには気づいていたんですが、どうしてもこの朝の時間を手放したくなかったんです」

自分の顔を真っ直ぐに見つめて話す結城の言葉は、遥にはまったく想像もしていなかったものだった。毎日、あんなに朝早くつき合ってくれているので嫌々ではないと信じたかったが、まさかそれ以上に――――こんなふうに、一緒にいる時間を大切に思ってくれているとは。

遥は結城が見ている自分の顔が真っ赤になっているのではないかと焦《あせ》った。

「白石さん、嫌じゃなかったら、これからも朝一緒に大学に行ってくれませんか？　それとも、やっぱり一人がいいですか？」

嫌であるはずがなかった。厄介《やっかい》な病気のせいで人と関わることが怖くてなかなかできなかったが、遥は人が嫌いではない。いや、むしろ人とかかわりが持てないからこそ、人恋しいと思うことはよくあった。

大人になった今ではその感情を抑えることもできるが、こうして真っ直ぐな目で見つめられ、乞《こ》われれば、自分から断わる理由はない。

それに、結城が自分との時間を心地良いものだと思ってくれていたように、遥も結城との時間を大切に思っているのだ。

「白石さん？」

長身の身体を屈《かが》め、顔を覗き込んでくる結城との距離が近い。遥は反射的に後ずさりそうになるのを何とか耐え、結城の顔をしっかりと見つめて言った。

「これからも、よろしくお願いします」

そう伝えた瞬間に見せた結城の笑顔が、なんだかとても眩しかった。

二歩め　オズオズ踏み出す足

結城の気持ちを直接聞いてから、遥は朝の通勤を今まで以上に楽しむようになった。お互いが感じていた遠慮が妙なことだと気づいてからは、少しずつであるが相手のことを訊ねる心の余裕ができたし、なにより遥にとっては結城の優しさが居心地良かった。

心配をしてくれた堺にも、現状をちゃんと伝えた。堺は懸命に結城のことを弁明《べんめい》する遥に呆れたのかどうか、最後には苦笑して、「いい友達ができたみたいだな」と言ってくれた。

「あ」

そうして、日々を送っていた遥だったが、ある朝、ふとカレンダーを見て頬が綻《ほころ》んだ。

「……一カ月だ」

最初は、結城の気まぐれが終わるまでだろうと思っていた一緒の通勤は、今日でちょうど一カ月を迎えた。こんなにも時間があっという間に過ぎたように感じるなんて初めての経験かもしれない。

(でも……そろそろ……)

結城が早朝のバスに乗るようになって二カ月。

まだ教授の手伝いは続いているのだろうか？　どんな作業をしているのかはわからないが、そろそろ終える頃ではないか？

そうなると、わざわざ朝早く大学に行く必要もない。ましてや、歩く時間を考えれば――。

「……やめた」

そこまで考えて、遥は首を横に振った。

この一カ月、一緒にいて少しは結城のことを知っているという自負はある。誠実で、正直で、優しい結城。彼は、遥と一緒にいるのが楽しいと言ってくれた。もしも、事情が変わったら、ちゃんと遥に告げてくれるはずだ。

戸締りをしっかり確認した遥は、急いで待ち合わせのバス停に向かう。

そして、いつもと同じ時刻にやってきたバスから、長身の結城が下りてきた。

「おはようございます」

「おはよう、結城君」

朝一番の挨拶をし、無意識に笑みを浮かべる。結城も同じように目を細めて笑ってくれた。

「行きましょうか」

「うん」

この一カ月で変わったことが二つある。

一つは、結城との距離だ。人との触れ合いが苦手な遥は結城相手にも数十センチの距離をおいていたが、今ではそれが始めの半分にまで縮まっていた。もちろん、普通の友人同士がふざけ合うように身体に触れることはできないが、家族やごく親しい友人以外、こんなに短時間でここまで近づけたのは結城が初めてだった。

そして、もう一つは季節。それまでも朝は肌寒いとは思っていたが、今日などは厚手のコートが必要なほど寒い。バスに乗れたらいいのだが、まだそこまでの勇気が遥にはなかった。

こんな日までもつき合わせてしまうのは申し訳ないなと思いながら、遥はチラッと結城の横顔を見つめる。

（やっぱり、カッコいいよなぁ）

カーキ色の細身のミリタリージャケットに、温かそうなワイン色のマフラー姿の結城はとてもスタイリッシュで、なんだか雑誌の中から出てきたモデルのようだ。

それに比べて自分はどうだろうと、今度は自身の服を見下ろす。

寒くなったからと母がわざわざ送ってくれた長めのダッフルコートはオレンジ色だし、マフラーの色もベージュだ。あまり明るい色は好きではないが、せっかく送ってくれたものをそのまま放っておくことはできなかったし、通販で新しいコートを買う時間もなくて、今日はとうとう袖《そで》を通してしまった。

「それ」

そんな遥の視線に気づいたのか、結城がこちらを向いた。

「綺麗な色ですね」

「えっと、コート？」

「白石さんによく似合っています」

「あ、ありがとと」

褒めてもらうのは嬉しいが、どうしても色が気になる。やはり新しいコートのことを考えた方がいいだろうかと思っていると、

「白石さん」

妙に、改まった口調で名前を呼ばれた。

「なに？」

「俺と一緒に、バスに乗ってみませんか？」

それは、唐突《とうとつ》な言葉だった。いや、あまりにも自然に、会話の続きのように言われて、遥はすぐに反応を返せない。

足を止め、まじまじと結城を見つめると、彼も立ち止まって真っ直ぐに遥に向き直る。そして、戸惑う遥に向かい、優しい声でもう一度言った。

「バス、乗ってみませんか？」

遥は息をのんだ。

（ど、して……？）

今度こそ、結城の言葉ははっきりと耳に届き、その意味を理解した遥の顔は強張《こわば》る。

結城には、始めに病気のことは伝えた。どうしてそうなったのか、理由までは話さなかったが、結城はそんな遥に対し、それからもごく自然な態度で接してくれていた。

遥にとってはその告白をすること自体がとても勇気がいったことで、結城が受け止めてくれたことがとても嬉しかったことを今でもよく覚えている。

いつでも、結城は遥を気遣ってくれた。身体に触れないようにして、会話の中にもそのことには触れないようにしてくれていた。

バスに乗れないことにも理解をしてくれて、だからこそ毎朝長い距離を一緒に歩いてくれているのだと思っていた。

そんな結城が唐突に切り出したことにどう反応していいのか、遥はなかなか言葉が出てこない。

動揺に固まって身体が動かず、声も出せない遥の様子を見た結城の表情が、一瞬曇ったのがわかった。しかし、すぐにそれは消え、結城はいつもと変わらない表情と口調で遥に話しかけてくる。

「大丈夫じゃないかなって、思ったんです。白石さんがどんなふうに大変なのか、俺にはちゃんとわかっていないかもしれない。でも、俺が見ている白石さんなら、この一カ月、一緒にいたあなたなら、もう一歩踏み出すことができるんじゃないかなって」

「結城君……」

自分のためを思い、真摯に言ってくれているというのはわかった。多分、こんなふうに切り出した結城も、遥以上に緊張しているのかもしれない。しかし、遥は自分の顔がしだいに泣きそうに歪んでいくのを自覚した。うんと頷くことができない自分が情けなく、結城に対して申し訳なくてたまらなかった。

たかが、バスに乗るくらいだ。しっかり手袋をしていれば直接誰かに触れることはないと頭では理解していても、長い間逃げていた他人との接触は想像するだけで怖くてたまらなかった。

人が普通にできることが自分にはできない。

女の子と間違われて悪戯された自分はどこか欠陥品なのだ。

「……ごめん。僕には無理だよ」

結城の視線から逃れたくて、遥は重い足を引きずるように歩き始めた。その後ろを結城がついてくるのがわかったが、立ち止まることはもうできない。

「僕のことを思って結城君が言ってくれるのはわかるけど、でも、僕には無理なんだ。……弱虫だし」

「いいえ」

早口に言う遥の言葉を、結城が強い口調で遮《さえぎ》った。

「本当に弱い人間なら、毎日バス停に立ったりしないはずです。白石さんは、諦めずに克服《こくふく》しようとし続けている、けして……」

「ごめんね」

それ以上は聞きたくなくて、遥は話を打ち切った。

後ろ向きな自分に結城が嫌気《いやけ》を感じてもしかたがない。ただ、遥は恐ろしいと感じてしまうバスに足を踏み入れる勇気はどうしても出なかった。

「……」

遥は本の棚を見上げたまま深い溜め息をつく。

（結城君、どうして急にあんなこと言いだしたんだろう……）

知り合ってから一カ月間、遥の事情も知っているのにわざわざあんなことを切り出した理由がわからなかった。真剣な結城の顔には、遥を非難するような様子はなかったし、どちらかといえば本当に心配してくれている気持ちが強く伝わった。

自分が弱いせいで結城の気持ちに応えられないのかと思うと、さらに落ち込みが激しくなるくらいだ。

あれから、結城とは何も話さずに大学までやってきた。門の中に入った時、結城は「じゃあ、また明日」と言ってくれたが、それがちゃんと現実になるのかわからない。

せめて、何か一言、もう一言だけ何か言えばよかったと思うのに、あの時の自分は……いや、今も、何をどう言っていいのかまるで見当がつかなかった。

「……」

遥は再び溜め息をついた。自分から拒絶したくせに、このまま結城との朝の時間がなくなってしまうかと思うと、どうしようもない寂しさに襲われる。

「白石？」

「……」

「おい」

「あ、はい」

目の前でパンっと手を叩かれ、遥はハッと焦点を合わせた。慌てて顔を上げると、側に立っていた堺が心配そうに顔を覗き込んでいる。

「どうした？　気分が悪いのか？」

「い、いいえ、すみませんっ」

仕事中だったと、遥は慌てて謝った。いくら気になったとはいえ、こんなふうに手を止めてしまうのは自分が悪い。仕事とプライベートはきちんと分けて考えなければと気持ちを改めようとしたが、動かし始めた手はすぐに止まってしまう。

そんな遥の態度に違和感を持ったのだろう、堺は休憩しろと言ってきた。邪魔だとはっきり言われたが、その言葉の裏に優しさがあることはよくわかっている。

「……すみません」

「一《ひと》眠りすれば頭もはっきりするだろ」

寝不足などではないとわかっているくせに、堺はそう言ってわざと眉間《みけん》に皺《しわ》を作った。こんなふうに人を思いやることができる堺はとても大人だ。そして、きっと何があったのか知りたいだろう好奇心を押し隠しているのも、彼らしい思いやりだろう。

そんな堺に、遥は思わず弱音を吐いてしまった。

「少しだけ、自分が情けなくなったんです」

「情けない？」

「……どうして、こんなに弱いんだろうって……」

もっと精神的に強ければ、結城の提案に即座に頷けたはずだ。いや、毎朝長い道のりにつき合わせることもなかった。

もしもそうだったら、そもそも結城と知り合うこともなかったということはまったく頭の中から抜けていた遥は、そう言って今日一番大きな溜め息をついた。

「お前は弱くないだろ」

しかし、遥の思いを、堺は即座に否定してきた。

「本当に弱かったら一人暮らしなんてしないし、第一、毎日休まず大学に来ることもないだろ？　家の中に閉じこもって、ずっと一人でいる方がどんなに安全で楽なのか、誰が考えたってわかるはずだ。それなのに、ちゃんとここにきて働いているお前は、俺には強く見えるぞ」

褒めすぎかと言って笑う堺の言葉に遥は慌てて俯《うつむ》く。泣きそうな顔を見られたくなかったからだ。

まだまだ努力が足《た》りないと思っていても、誰かに認めてもらう言葉を言ってもらうとすごく嬉しい。それが、一緒に働いている同僚だったらなおさらだ。

(ぼ、くも、少しは必要、かな)

ここにいてもいいと言ってもらっているようで、遥は礼を言うように深く頭を下げて休憩室に向かった。

なんだか少しだけ気分が上昇し、休憩を挟んでからはなんとか失敗しないように仕事を続けたが、それでもどうしても結城のことが気になってしかたがない。

直接声を聞くのは怖いので、せめてメールで今朝の態度を謝ろうかと思うものの、どうしても指が動かず、その夜は遅くまで携帯を睨んでいた。

翌日。

「……」

出勤の準備を終えた遥だったが、なかなか玄関を開けることができなかった。もしかしたら、今日、結城はバスから下りてきてくれないかもしれない。

優しい笑顔を向けてくれながら朝の挨拶をしてくれる結城の姿が見られないかもしれないと思うと、いつもの時間にバス停に向かうことが怖くて、結局遥は十分も遅く家を出ることになってしまった。

「……さむ……」

今日も朝から風が冷たい。

マフラーの中に顔を埋めるようにして歩きながら、遥はわざとバス停に視線を向けないようにする。見なければ、いないということもわからない。

「おはよう、白石さん」

「！」

しかし、突然掛けられた言葉に、遥は反射的に顔を上げた。そこには、絶対にいないと思っていた結城が立っている。

「寝坊ですか？」

遥がいつもの時間にいなかった理由を敏《さと》い結城が気づかないはずがない。それなのに、そのことにはいっさい触れない彼の態度は変わらなかった。

どう声を掛けていいのかわからないまま、唇を噛んで俯こうとした遥に、結城は思い掛けない言葉を掛けてきた。

「昨日は、すみませんでした。白石さんの気持ちも考えずに、俺の気持ちを押しつけてしまって……嫌な思いをさせてしまったでしょう？」

気遣うことができなくて、無理を強《し》いて、遥を苦しめたと思うと眠れなかったと告げてくれる結城に、遥は激しく首を横に振った。

「ぼ、僕の方こそ、ごめんなさいっ」

「いや、俺が」

「僕だよっ」

早朝の無人のバス停で、互いが頭を下げながら謝罪し合う。

結城が悪くないとわかっている遥は、謝ってもらうこと自体が申し訳なくてしかたがない。とにかく自分が悪いと必死に言い募《つの》ると、しばらくして頭上でプッと小さくふきだす声がした。

「じゃあ、どちらも悪くないってことでいいですか？」

「ゆ、結城君……」

恐る恐る顔を上げると、結城は優しい顔で頷いてくれる。きっと、これ以上遥に罪悪感を持たせないようにするために、また結城から折れてくれたのだ。

これではどちらが年上かわからないが、これ以上結城と気まずい思いはしたくない。

遥が結城の申し入れを受け入れるように頷くと、結城もホッとしたように笑う。彼も緊張していたのだとそれだけでもわかり、遥はまた謝ろうとしたが何とか止まった。

「遅くなりましたね、行きましょうか」

ふと気づけば、いつもの出勤時間よりも二十分も遅い。余裕を見て家を出ていてもこれ以上は時間を取れなくて、遥は結城と並んで歩き始めた。

まだぎこちない気がするが、結城は今までと変わらずに遥に話しかけてくれる。昨日のことはすべてなしにしようと思ってくれているのだと思うと、遥の口からは自然に言葉が出た。

「……結城君は、優しいね」

「俺が？」

「うん」

まるで考えたこともないというように、結城は少し驚いたように聞き返してくる。普段は大人びた彼がなんだか可愛く見えた。

日常が戻った。

いや、遥の中では少し変化しているかもしれない。それは――――。

「どうするんですか？」

「……すみません」

催促する運転手の声に謝罪し、遥は一歩だけタラップに乗せた足を元に戻す。身体を後ろにずらすと、すぐにバスの扉は閉まって走って行った。

「……今日も乗れなかった……」

「でも、昨日よりも長い時間タラップにいましたよ」

結城は慰めるように言ってくれたが、長いと言ってもほんの数秒だ。それでは事態が好転しているとはとても言えないはずだった。

「難しいなあ」

もう姿も見えなくなったバスを探すように視線をさまよわせた後、遥は大きな溜め息をついて歩き始める。

「いったい、いつになったらバスに乗れるんだろ……」

「慌てないで、ゆっくりでいいんですよ」

結城にバスに乗ってみたらと言われてから、遥の中で長年凝《こ》り固まっていた恐怖に僅かにヒビが入った。人に触れるかもしれないという恐怖はもちろん大きいのだが、それ以上に変わらなければならないという思いが急速に大きくなったのだ。

長い間思い続けていたことだったが、大学を卒業して就職をし、結城に出会ってから、目に見えないほど少しずつ、心は変化していったらしい。

その切っ掛けとなったのがこの間の結城の発言で、遥は今度は自分でバスに乗ってみると言った。ただし、始めから長時間乗るのはとても無理で、まずはバス停一区間だけという目標を決めてみた。

決めてはみたものの、気持ちとは裏腹に身体は簡単には動いてくれず、開いた扉の前で立ちつくす日々が数日続いた。

別の日は、バス停で立ち止まることもできなかった。

やがて、一瞬だけタラップに足をつけることができるようになった。ただし、次の瞬間引っ込めて結局バスに乗らない遥を、運転手も乗客も、怪訝《けげん》に思いながら見ていただろう。実際に、運転手に苛立《いらだ》った声で催促されることもあった。

その度に硬直する遥の代わりに結城が対応してくれ、決意からちょうど十日ほど経った今日、今までで一番長くバスに片脚を踏み入れた。

「明日は、もしかしたら乗れるかもしれませんね」

「早く乗れたらいいんだけど……」

「朝が楽になるから？」

からかうように言われ、遥はごまかすように笑う。もちろん、毎朝二時間弱の通勤時間が大幅に短縮されるのは魅力的だ。しかし、それ以上に遥が思うことは、結城の負担を減らしたいということだった。

（一緒にいる時間が減ると寂しくなるけど、それが結城君のためにもいいんだし）

「でも、いいこともあるけど、寂しいこともあるかな」

「え？」

「白石さんと一緒にいる時間が減るでしょ」

「……っ、な、なに言ってるんだよ」

（ど、どうして？）

まるで、遥の心の中を見たかのような言葉に慌て、軽く頬を叩く。恥ずかしいくせに、それ以上に嬉しくて、どう反応を返せばいいのかわからない。

「でも、白石さん、食事に誘ってもOKくれないでしょう？　一緒にいられる時間は朝しかないから、それが短くなると寂しいです」

そう言った通り、結城は遥をよく誘ってくれる。ランチを始め、夕食や、休日の遊びへと、こちらが申し訳なく思ってしまうほどに声をかけてくれた。

まだ大学生で、人気のある結城は、きっと誘われることも多いだろう。そうでなくても朝の時間を拘束しているのだ、他の時間まで自分のことを気にしなくてもいいのに、なぜだか結城は遥との時間を取ろうとしてくれた。

それにほとんど応えていないのが心苦しいが、やはり人の多い所に出掛けるのはまだ無理だった。

「白石さんは？　寂しくない？」

顔を覗きこまれながら言われ、遥は慌ててうんと頷く。

「寂しいよ」

「本当？」

「でも、やっぱり早くバスには乗れるようになりたいんだ」

ほんの僅かな一歩でも、踏み出せば何かが変わるような気がする。その一歩を結城と共に進みたいと遥は思っていた。

遅々として、遥の潔癖症の克服は進まないように見えた。日が経つにつれ、決意も次第に萎《しぼ》んでくる。

「倒れそうになったら、俺がちゃんと受け止めます。他の誰にも白石さんの身体に触れさせやしませんから」

それでも、結城は急《せ》かさず、呆れず、遥にそう言ってくれた。両親にさえ、触れられるその瞬間は恐怖心が先に立つのだ、結城に触れられたら……自分はその手を振り払ってしまわないか不安だった。

だが、その一方では、結城だったら大丈夫かもしれないと、なんだか妙な確信もあった。実際には手も触れてはいないのにおかしな話かもしれない。

「あ、来た」

大学まで一つ前のバス停に結城と立っていた遥は、やってきたバスをじっと見つめた。

「……揺れたら」

そして、今度は結城に視線を戻す。

「支えてくれる?」

「もちろん」

即座に返ってきた力強い返事に強張った笑みを向け、遥はバスが停まるのを待った。

（……大丈夫）

今日も、タラップ止まりでバスに乗れないかもしれない。それでも、明日はもしかしたら乗ることができるかもしれない。

遥が大きく深呼吸をした時、停まったバスのドアが開いた。

「……」

「……」

結城は何も言わず、遥の後ろに立っている。

もう一度息を吐いた遥は、ゆっくりタラップに片足をのせると、

（だい、じょ……、ぶ）

「……っ」

弾《はず》みをつけてもう一歩、足を踏み出した。

（え……？）

次の瞬間には、呆気《あっけ》なくバスに乗っている自分がいた。

「発車します」

運転手がそう言ってドアが閉まる。いつもは乗らない遥がバスに乗ったことで、車内の視線が自分に集まるのを感じたが、緊張している遥にとっては気にならない。

席は幾つも空いていたが遥は入り口付近に立ったまま、吊り輪も手摺も持たずに足を開いて踏ん張った。

「大丈夫?」

遥の隣には結城が立っていた。何にも掴まることができない遥の身体を、いつでも支えられるようにしてくれている。急ブレーキをかけられたとしても、遥の身体が床に倒れ込むことはないはずだ。

ただし、今の遥は周りに視線を配る余裕はなかった。あの事件以来、初めてバスに乗った緊張感はピークで、手も足も、表情さえ強張っている。

時間は、五分も掛からなかったはずだが、遥にとっては一時間、いや、数時間もの長さに感じた道程《みちのり》が不意に終わりを告げた。大学前のバス停の名前がアナウンスされ、下りる学生がボタンを押す。

「次、下りますよ」

「つ、次?　もう?」

「もう、です」

バス停一つ分だ。時間は早朝で、普通に考えたら短時間であるとわかってはいたものの、やっと、いや、もう終わりだとは。

やがてバス停に着いてドアが開かれ、乗客の半分ほどが下りていく。その最後に、遥は結城に促されるようにしてバスから下りた。

「……」

「……」

「……着いた」

「着きましたね」

「……なん、か、呆気なかった」

あんなにも怖いと思っていたのに、バスの中では何もなかった。誰かに触れられることももちろんなかったし、遥の方から触れるということもなかった。

呆然としながら、遥は自分の手を見下ろす。毛糸の手袋の下の、ごく薄のゴム製の手袋の中の手はじっとりと汗ばんでいたが、不思議と今はそれが不快ではなかった。

「明日、どうしますか？」

遥の気持ちが落ち着くのを待ってくれていたのか、少し時間を置いて結城が訊ねてくる。その言葉に、遥はごく自然に答えた。

「……乗ってみる」

「そうですか」

「結城君」

「もちろん、俺も一緒に乗りますよ」

きっぱりと言い切ってくれる結城をじっと見上げながら、遥は思わず聞いてしまった。

「どうして、そんなふうに力を貸してくれるの？　すごく面倒なことだし、結城君に甘えてばかりで……」

始めから、結城は優しかった。偶然バスの中から見ていて、大学で知り合って。それ以上の深いかかわりなどまったくなかったのに、気づけばいつも側にいてくれる。

友人と呼ぶには、その存在はあまりにもキラキラして、遥の胸をドキドキさせる結城。

でも、それ以外の気持ちの呼び方があるのだろうか。

「あなたが勇気を出して一歩踏み出したんですから、俺も一歩、踏み出さないといけませんね」

「結城君が？」

今のままでも十分真っ直ぐ前を向いて歩いている彼が、何を躊躇《ためら》っていたのだろうか。

想像がつかなくてただ見つめることしかできない遥に、結城は照れくさそうに一瞬目を伏せた後、すぐに顔を上げてきっぱりと言った。

「あなたが好きです」

「……え？」

「俺は、あなたが好きなんです、白石さん」

それは、まったく想像もしていなかった言葉だった。

三歩め　ユラユラ迷う心

「白石」

「……」

「しーらーいーしー」

「……」

「……触っちゃおうっかなあ～、せ～の」

「うわぁっ？」

目の前の伸ばされた手を見た瞬間、遥は思い掛けない大きな声を上げて後ろにのけぞった。その途端座っていた椅子が大きく傾いてしまい、結果的にみっともなく尻もちをついてしまう。

「……っつ」

図書館は開館したばかりでまだ人影はなく、今の失態《しったい》は目の前にいる堺以外には見られていない。それでも十分恥ずかしくて、遥は耳まで熱くなりながら椅子をもとに戻した。

「で？」

そんな遥に、堺はずいっと顔を近づけてくる。

「……で？」

「今回はなんで呆《ほう》けてるんだ？　今日もバス乗り挑戦が失敗したのか？」

堺には、バスに乗る努力をしていることは告げていた。いつも自分のことを気にかけてくれている堺には、逐一《ちくいち》報告をして安心してもらっていたのだ。

だが、さすがに今朝のことは言えない。いや、遥自身、結城のあの言葉が本当だったのかどうか、もしかしたら夢だったのではないかと思えてしかたがなかった。

『俺は、あなたが好きなんです、白石さん』

あんなふうに告白をされたのは初めてで、あの後自分が何を言ったのか、どう行動したのかまったく覚えていない。いや、わけのわからないことを言って逃げることしかできなかった。

「あーっ」

「な、なんだよ、急に叫ぶな」

今さらながら猛烈な羞恥が襲ってきて叫びながら頭を抱えた遥を、堺は怪訝そうに見ている。堺から見たら意味不明の言動だろうが、今の遥は冷静ではいられなかった。

「おい」

「な、なんでもないですっ」

とても、何もなかったとは言えない態度かもしれない。それでも遥は口早にそう言って堺に背を向け、カウンターの上に置かれていた返本を手に急いで奥の本棚へと向かった。

『あなたが好きです』

（結城君が、僕を？）

いったい、いつからそんなふうに思ってくれていたのだろうか。出会った当初から一貫して態度が変わらなかったような気がするので、その時期がまったくわからない。

だいたい、あの外見と性格で結城がモテないわけはなく、事実、遥は実際に女の子に囲まれている結城を見たことがあったし、堺の口から彼の噂も聞いた。そんな彼が、恋愛対象にわざわざ同性を選ぶだろうか。

それに――――と、遥は大きな溜め息をついた。

そもそも、遥がこんな厄介な病気を発病したのは、小学校の時のあの事件からだ。大人の男に悪戯された、性の対象にされてしまった。たとえそれが女の子に間違われたせいだとしても、身体に触れられたことは事実だった。

そんな自分が結城を、同じ男である彼を恋愛対象として見るなんておかしい。そんなのは絶対に間違っている。

あの場ではっきりそう言ってもよかったのに、遥は結城に拒絶の言葉を言わなかった。驚いて声も出なかったというのは詭弁《きべん》だ。遥は結城を傷つけたくなかったし、なによりもそんなことで結城との縁を切ってしまいたくなかった。

不思議と嫌悪感はなかったが、多分驚きすぎて感覚が麻痺してしまったのかもしれない。

「……どうしたら……」

答えを延ばしたからと言って、結城が告白した事実は消えないし、彼だって答えを求めてくるはずだ。受け入れることができない遥は断るしかないのだが、結城の思いを拒絶したら、今度こそ毎朝の同伴通勤は止めなくてはならない。

手に付けている手袋。これがある限り、直《じか》に握手することさえ無理だ。それこそ、キスだって――。

「わ……っ」

いったい、何を考えているのか。指先さえ触れられない自分が、誰かと唇を合わせるなんてできっこない。

（ちゃんと、断らなきゃ）

返事を延ばすだけ延ばして断るという、思わせぶりなことはしたくなかった。


告白というのは、なんだか不思議だ。

受け入れられないとわかりきっているのに、誰かに想われていることは嬉しい。なにもかも中途半端で、綺麗でもないと思っていた自分が誰かに好かれる。見てもらえている。そう思うだけで胸の中が温かくなった。

「おはよう、白石さん」

「お、はよ」

だから、翌日いつものバス停に着くまで、遥は結城に会う時の動揺の大きさを想像するしかできなかった。ドキドキしても、ちゃんと言えると思った。

バスから下りてくる結城の姿を見て硬直し、名前を呼ばれて声がつまる。

家を出るまではすぐに断らなくてはと思っていたのに、その言葉さえ出てこなかった。

そんな遥の状況を見ているだけでもわかったのか、結城は困ったような笑みを浮かべ、告白については何も言わずに歩き始める。しかし、数歩歩いてその場に立ちつくして動かない遥に気づくと振り返った。

「遅刻しますよ」

社会人の遥にその言葉はかなり効く。反射的に足を動かし、小走りに結城のもとへと急げば、追いついてすぐに彼は歩き始めた。

「今朝も寒いですね。ちゃんと暖かくしてきました？」

「ヒートテック、着てるから」

「じゃあ、安心かな」

何気《なにげ》ない会話の中にも、一切告白の匂いはさせない。直接聞かれたらきっと答えに困るのに、こうも見事にスルーされると反対に結城の気持ちが心配になった。

昨日の告白は、いったいなんだったのだろうか。もしかしたらからかわれたのか、いや、結城が他の意図で言った言葉を自分が聞き違えたのではないか。

あれほどストレートな言葉を間違えることはないはずなのに、あまりにも普通の態度を取られてしまうとどう反応していいのか迷った。

（でも、僕の方から切り出すなんて……）

それはちょっとできないなと思っていると、隣を歩く結城がふっと息をつくのが聞こえた。

「……困ったな」

「え？」

　横を見ると、珍しく結城は自分の方を見ていない。なんだかそれが、妙に寂しく思えた。

「白石さんを困らせたくないのに……やっぱり、そんな表情をさせてしまいましたね」

「結城君」

「俺の告白、断ろうと思ったんでしょう？」

　あっと声を出しかけた遥は慌てて口を引き結ぶ。しかし、結城は見逃さなかったらしく、やっぱりと小さな声で呟くのが聞こえた。いつもの彼らしくない寂しげな声に否定しようと口を開き掛けるものの、答えは同じなのだからと結局何も言えなくて、遥はただ俯いて自分の足元を見ることしかできない。

　今、結城と視線を合わせるのは怖かった。自分が受け入れられないくせに、結城の方から切り捨てられることが怖くてしかたがないのだ。

「まだ早いかなとは思ったんですけど……白石さんが前を向くようになって、そうなるとあっという間に誰かに取られるかもしれないって焦って……」

　思い掛けない言葉に、遥は反射的に顔を上げてしまう。その途端結城と目が合ったが、今度は視線を逸らすことができなかった。

「ぼ、く……前、向いてなんか……」

「バスに乗れたじゃないですか。白石さんにとって、それってすごく大きな一歩だったでしょう？」

ずっと側にいてくれた結城にはわかっていたのだ。バスに乗るという誰にでもできることを遥が挑戦するのはどんなに大変だったのか。握りしめた遥の手が汗でびっしょり濡れていたのが手袋で見えなかったように、結城も普段と変わらないふうを装いながら見守ってくれていた。

「すごいと思いました」

「結城君……」

こんなにも、自分のことを思ってくれた人がいただろうか。

当然のように家族から与えられる愛情とは違う、数少ない友人たちの激励《げきれい》とも違う、見守ってくれる結城の優しさは、遥にとって特別なもののように思えた。

（僕……）

その思いは、いったいどういう種類のものだろうか。

今まで人と深くかかわってこなかった遥にはすぐに答えが出せない。

ただ、昨日の衝撃から醒《さ》めて、今一番強く感じているのは嬉しさだ。こんな自分のことを見て、側にいてくれて、好意を示してもらえたことがすごく嬉しい。

「……結城君」

「はい」

遥が何を言うのか、結城の表情が少し緊張する。そんな些細《ささい》な変化もわかるようになっていたのかと、いつのまにか近くなっていた自分たちの距離にようやく笑みが浮かんだ。

「ありがとう。本当は、昨日ちゃんと伝えるべきだったよね」

どんな種類のものであれ、嫌われるよりは好かれた方がずっといい。それが、自分が好意を持っている相手ならば特に。

「……それって、断られているってことですか？」

「結城君」

「突然男に好きって言われても、白石さんが困るのは当然です。気味悪がられない方がましだって……」

「違うっ」

結城に自嘲の言葉なんて似合わない。そもそも、恋愛の資格がないのは自分の方で、遥以外の人間なら絶対、結城に告白をされたら迷うことなく頷くはずだ。

「僕が悪いんだよっ。僕がっ、人と違うからっ」

「白石さん？」

結城には潔癖症のことは伝えた。しかし、どうしてそうなったのかは、結城が奇異の目で見ないだろうとは予想していても、怖くてどうしても言えなかった。

しかし、真っ直ぐな好意を向けてもらった今、自分も真摯《しんし》に応えなければならない。それが、普通の男が経験することがないだろうことでも、ちゃんと自分の口で結城に告げたかった。

「……僕ね、五年生の時に……」

口に出す前に、大きく深呼吸をする。手が冷たくなってきたが、ギュッと拳《こぶし》を握りしめた。

「お、大人の男の人、に……悪戯されたんだ」

事情を知っている人たちは、遥のことを気遣って事件のことは口にしなかった。それでも陰で噂されていただろうということは、他人が自分を見る視線で幼いながらも感じ取っていた。

引っ越しをした後、周りの人は誰も事件のことを知らなかったが、遥には潔癖症という大きな後遺症が残ってしまった。その理由を友人たちにも言えなくて、ただ内に込めて一人で耐えてきた。

口にするのもおぞましい出来事は遥の心中奥深くに根付いていたが、お医者様は無理に忘れることはないと言ってくれた。「やがてそれを、自然と口に出すことができれば、君の中であのことが完全な過去になったということだから」と、穏やかな口調で諭《さと》してくれた。

今まで、遥は自分から進んであの事件のことを切り出したことはない。それは、遥の中ではまだ過去になっていないことに加え、相手の反応が怖くて、言えなかった。

でも、結城なら――彼なら、その事実を知っても自分を見る目が変化するとは思わなかった。根拠《こんきょ》もない、強い確信。それほどに、遥はいつのまにか結城を自分の心の内側へと入れていたのだ。

「触られて、でも、すぐに助けてもらったんだ。犯人も、捕まったし。ただ、僕はそれから、人に触れなくなった。触られるのが怖くなった。親に頭を撫でられただけで失神してしまったくらいで……ずいぶん長い間、大人が、人が、怖かった」

しかし、新しくできた友人が助けてくれた。

両親が、変わらぬ愛情を注ぎ続けてくれた。

だからこそ、今遥はここに立っていることができる。

「結城君が好きだって言ってくれて、びっくりして、困ったけど……でも、嬉しかったよ、すごく」

「白石さん……」

「でも、僕には普通に誰かと愛情を分かち合うことはできないんだ。キ、キスはもちろん、手だって、握れないし」

遥の頭を撫でてくれようとして、結城が気づいて慌てて手を引っ込めるという場面が何度もあった。

歩いている時に車が危ないからと、普通なら軽く身体を押せばいいだけなのに、常に車道側を歩いて周りに警戒をしてくれて、言葉で注意をしてくれた。

本で読む恋人たちは、当たり前のように愛情をこめて触れあっている。それが、今の遥にはできないのだ。

結城は、時折詰まりながら話す遥の言葉を、最後まで聞いてくれた。潔癖症の原因となった出来事を知った時には怖い顔になったが、その後は遥のことを気遣う優しい眼差しを向けてくれていた。

やっぱり、結城は優しいと思う。自分のことをきちんと伝えることができてよかったと、遥はなんだか心のしこりが軽くなったように思えた。

「だから、おつき合いはできないんだ。本当に、ごめんなさい」

頭を深く下げ、結城の思いに応えられないことを謝罪した遥は、ゆっくりと頭を上げて結城の顔を見る。彼は何か考え事をしているかのように眉間に皺を寄せていたが、しばらくすると遥に視線を合わせて確かめるように訊ねられた。

「白石さんは、俺と触れ合うことができないから、つき合えないって言うんですよね？」

「う、うん」

頭のいい結城なら今の話を聞いていればわかっていたはずなのに、改めて言葉で聞かれてしまい、遥は戸惑いながらも頷いた。

「じゃあ、俺が嫌いだってわけじゃない？」

「嫌いじゃないよっ」

それだけはちゃんと伝えたくて強い口調で言うと、結城は不意に笑みを浮かべた。嬉しそうなそれは眩しくて、遥は急にドキドキと胸の鼓動が速くなってしまう。

「じゃあ、問題ないですね」

「え？」

「おつき合い、してください」

「ゆ、結城君？」

どうしてそうなるのかと遥は慌てた。自分としてはできるだけちゃんと気持ちを言葉にしたはずなのに、まるっきり結城には伝わっていないようだ。

「僕、今」

「白石さんは俺を嫌いじゃない。ただ、触れることができないからつき合えないっていうだけですよね？」

要点をまとめられるとそうなのだが、なんだか違うような気もして遥は複雑な表情になる。

「もちろん、俺は白石さんのことが好きなんだから手を繋ぎたいし、キスだってしたい」

「……っ」

からかうように言われたが、遥は思わず目を見張った。結城とキス。その光景を想像してしまい、顔が熱くなった。

「でも、身体だけが欲しいわけじゃない」

「え……？」

口調が変わったのを感じ、遥も恥ずかしさを押し殺して結城の視線を見返す。いや、結城が遥の視線を捉《とら》えて離さなかった。

「小さい頃の不幸な出来事を、白石さんはちゃんと受け止めているじゃないですか。あれだけ怖いと言っていたバスにも乗れたし、こうして世の中に出て働いている。時間が掛かったって、あなたはちゃんと前に進んでいるんです。お願いです、白石さん。俺のことが嫌いじゃなかったら、すべての可能性を打ちきらないでください。試しでいいですから側にいさせて、好きになってもらえる努力をさせてください」

真摯に告げ、結城は頭を下げた。こんなふうに乞《こ》われるのは初めてで、遥はどうすればいいのか焦るばかりだ。

「ぼ、僕……」

こんな厄介な病気を持っている自分が、好きになってもらってもいいのだろうか。

同じ性を持つ結城のことを、この先恋愛感情で好きになることはあるのだろうか。

すべてが可能性を問うものばかりで、結城のことを思うのならばきっぱりと拒絶する方がいいのだとはわかっていた。

わかってはいたが、彼の視線が、手が、自分以外の誰かに向けられることに耐えられるかと言えば、我儘だと思うが嫌でしかたがない。

(変わ、れる?)

結城が側にいてくれたことで、遥は一歩踏み出せた。この先も、彼がいてくれたら、自分は今以上に変わることができるだろうか。

「……結城君……」

同性の遥から見ても、カッコよくて優しい結城。その彼がここまで自分を欲しいと言ってくれているのなら——。

（……変わり、たい）

「じ、時間、掛かるかもしれないけど……」

遥は恐る恐る手を伸ばした。目の前には、艶やかな結城の髪の毛がある。

（……大丈夫っ）

近づくにつれて震えは大きくなったが、遥は手を引くことだけはせず、やがて、指先が少しだけ、髪に触れることができた。

「……っ」

目の前の結城の肩が揺れたのが見える。彼もきっと、驚いたのだ。

触れた瞬間、すぐに手を引っ込めてしまったが、それでもこれは遥にとって大きな前進だ。

「よ、よろしく、お願いします」

頭を下げると、今度は結城の方が顔を上げる気配がした。

「つき合ってもらえるんですか？」

「は、はい」

なんだか、恥ずかしくてたまらない。今、結城がどんな表情をしているのか気になってしかたがなかったが、顔を上げられなかった。

すると、頭上であっという結城の声が聞こえてきた。

「白石さんっ、時間！」

「あ！」

そう言われて慌てて腕時計に視線を落とせば、もう三十分近くこの場にいたことがわかった。どう考えても大遅刻だ。

「急ぎましょう」

「うんっ」

恥ずかしさも一瞬で消えてしまい、遥は慌てて顔を上げる。その視線の先に、手を伸ばしている結城が見えた。

「白石さん」

「……っっ」

反射的に伸ばした手を、結城がしっかりと握りしめた。手袋越しだが、暖かく、力強いその感触が自分の手に伝わり、遥はプルッと身ぶるいをする。

その様子を見ていた結城が手から力を抜いて離そうとするのがわかり、遥は今度は自分から結城の手をしっかりと握り返した。

（……大丈夫だっ）

つい数分前までは指先が触れるだけでも緊張したくせに、今はこの手を握るだけで安心している自分は、いったいどれだけ調子がいいのだろうか。

「白石さん？」

「大丈夫」

それでも、この手を離したくなくて、遥は赤くなっているだろう顔をちゃんと結城に見せて頷いた。その様子に、結城も笑って手に力を込めてくる。

「行きましょう」

こうして手を握れるようになっても、まだバスに長時間乗られる自信はない。今は遅刻の理由を堺にどう説明したらいいのか考えるだけだ。

しかし、そんな切羽詰まった状況とは裏腹に、遥の顔からは笑みが消えることはなかった。


案の定、二十分の遅刻をしてしまった遥は、堺の前で深く頭を下げていた。だが、すぐ側には心強い味方がいた。

「俺のせいです。本当にすみませんでした」

すべてを自分の責任のように言う結城に、遥は即座に違いますと反論した。朝、通勤する途中であんな深刻な話を切り出したのは自分の方なのだ。ちゃんと時間と場所を考えて話し合えばよかったと今さらのように思うものの、その反面、あの時、あの場所だったから素直な自分の思いを伝えることができたのだとも思う。

結局、結城よりも年上の自分の方が悪かったのだと、遥はさらに深く頭を下げた。

「本当に、すみませんっ」

「……あー、まあ、途中で連絡をもらってたし？　真面目なお前が遅刻するっていうのはかなり深刻な理由があったって想像できるが……」

その途中での連絡も、結城の方から言ってくれたから思い出したことだ。やはり、彼は全然悪くないのだと思っていると、

「結城、だっけ」

堺が結城を呼んだ。

「はい」

「うちの白石が世話になってるようだな。毎朝ご苦労さん」

《うちの》と、なんだか身内のように思ってもらっているようで気恥ずかしい遥とは違い、

それに返す結城の口調は遥に向けられるそれとは少し違った。

「いいえ、好きでやっていることですから」

（……結城君？）

なんだか、彼らしくなく挑発するようなそれに、遥は不安になってその横顔を見る。

カウンター前の椅子に腰かけている堺と、その前に立っている結城。二人とも同じくらい長身だが、今は結城の方が堺を見下ろす形になっていた。

謝っているというのに、結城の視線は見据えるように堺を見ている。その視線を受け止める堺も、腕を組んで見定めるような眼差しを結城に向けていた。

「さっき、ここに入ってきた時、お前、こいつと手、繋いでなかったか？」

堺の視線は結城に向けられていたが、話の内容は遥に問い掛けたものだ。ここまで走ってきた時のことを思い出し、遥はおずおずと頷いた。

「館内で走って、すみません」

図書館職員としてのマナーを咎《とが》められていると思い、遥は素直に謝罪したが、ようやくこちらを見た堺は呆れたような表情をしている。

「お前ねえ、ちょっと違うと思わないか？」

「え？」

「俺は、お前とこいつが手を繋いで現れたことを言ってるんだけど？」

「え……っと、はい、そうです？」

駆けこんだことを注意されるのではないらしいが、だとしたら堺が何を言おうとしているのかわからない。自然と顔に疑問が浮かんでしまったのか、堺はハァと大きな溜め息をついた。

「いつから？」

「……いつから？」

「……いつから、手を繋げるようになったんだ？」

「あっ」

「ようやく気づいたか、馬鹿《ばか》」

苦笑交じりに言われ、遥はようやく堺が訊こうとしていることに見当がついた。彼には、自分の病気のことを伝えているし、そのフォローをしてもらっている。

それなのに突然遅刻してきたと思えば、誰かと手を繋いで現れるなど、堺の頭の中は疑問符だらけに違いない。

（せ、説明しないとっ）

結城と手が繋げるようになった理由を言うには、その前に自分たちがつき合うことになったことも伝えなければならない。

しかし、大学でも人気がある結城と自分がつき合うことになったことを誰かに教えてもいいのだろうか。まだ数時間前にそうなったばかりで、第一、つき合うといっても、今はせいぜい小学校の友人同士のように手を繋ぐくらいしかできないのだ。

「あ、あの」

この場はなんとかごまかした方がいいかもしれない。そう思った遥とは違い、結城はきっぱりと言い切った。

「俺たち、つき合うことになりましたから」

「え？」

「あっ」

驚いたような声の堺と、焦って上がった自分の声。結城はちらっと堺を見た後、隣に立つ自分の顔を覗き込んできた。

「違いますか？」

……そんなふうに、不安げな顔をしないでほしい。彼らしくなくて、遥は反射的に肯定した。

「違わないよっ」

すぐに返事をしなかった自分のせいで、そうでなくても結城にはつらい一夜を過ごさせてしまった。気持ちがはっきりした今、そして、彼が望んでいるのなら、言葉をごまかすべきではないのだ。

「あの、堺さん」

今のやり取りを見て何か感じ取ったのか、堺の顔には複雑そうに眉間に皺が寄っている。できるのなら、自分を可愛がってくれる堺には、男同士でつき合うということに偏見を抱いて欲しくなかった。

「ぼ、僕たち、つき合うことになりました」

「……いつから？」

「今朝、から」

「今朝ぁ？」

やはり唐突だったのかもしれない。声を上げる堺に遥は身を竦《すく》めたが、次の瞬間目の前には広い背中が視界いっぱい広がっていた。

「俺の方から申し込んだんです。遥さんは悩んで、それでも受け入れてくれた。若い俺たちの将来、祝福してくれますよね？」

「……俺だって若いんだがな」

ぼそりと呟いた堺は、退《ど》けと結城に言った。

「……」

「苛《いじ》めないって」

誰をと、名前を言わなくてもわかる。少なくとも堺が自分を見ていてくれた同じ時間だけ、自分も堺のことを見ていたのだ。彼が理不尽《りふじん》な嫌がらせなどしない、さっぱりとした気性の主だと信じている遥は、

「結城君、大丈夫だから」

そう言って、結城の背中を指先でコツンと突いた。

振り向いた結城は遥の顔を見て身体をずらしてくれる。改めて堺の前に立った遥は、その視線を真正面から受け止めた。

「無理矢理じゃないんだな？」

「はい」

「こいつ、男だぞ？」

その表情に、堺が本当に自分のことを心配しているのだとわかる。兄のように自分のことを考えてくれている堺に、遥はしっかりと頷いてみせた。

「わかってます」

「……そっか」

「堺さん」

「後はお前たちの問題だ。上手くいこうが別れようが、俺が口を出すことじゃない。ただ、白石、こいつは大学内でもかなりの有名人だ。そのことを忘れるなよ」

「……はい」

普通の男女の恋人同士とは違うのだ。自《みずか》ら吹聴《ふいちょう》するつもりはないが、思ったよりも我慢をしなければならないことが出てくるかもしれないし、もしかしたら、つらいと思うことも出てくるかもしれない。

つき合うべきではなかったと泣くこともあるかもしれないが、それでも、後悔することはないと思う。

「堺さん、白石さんのことは俺に任せてください」

遥の決意にかぶさるように、結城が強い口調で言った。嬉しいが、それだけでは駄目だ。

「僕も、結城君をちゃんと守るから」

自分は女の子ではない。過去、逃げることも、反撃することもできなかったが、今はそんな幼い自分ではないのだ。

結城は遥を見つめ、嬉しそうに微笑んでくれる。

「はい、頼りにしています」

「うん」

誰かと恋愛をするなんて、考えてもみなかった。それが同性ならば、なおさらだ。

しかし、結城とつき合うなら、守られるばかりではいられない。ちゃんと肩を並べて前を向きたかった。

四歩め　コツコツ重ねる時間

「今日はボタンを押してみませんか？」

「え？」

バスに乗られるようになって、いや、結城とつき合うようになってから二週間経った。

その間、変わったことと言えば、バスに乗る時間が延びたことだ。今はバス停三区間分、今のところなんとか身体の震えも出ていない。

「い、いいのかな？」

ただし、まだ吊り輪は握ることができなくて、両足を踏ん張って床に立っている状態だ。交通渋滞が起こる前の時間帯なので大きな揺れはないが、それでも不意にバスが大きく傾く時があり、その時はとっさに結城の腕を掴むことがあった。

意識して手を繋ごうとすると緊張するが、不意の接触には躊躇《ためら》うことがなくなった。それは結城が相手の場合だけだが、遥にとっては大きな進歩だ。

「早くしないと、他の人に押されますよ」

降りる時にボタンを押したいと言ったのは三日前だ。どこの誰が触ったかもわからないそれに触れるのは怖くもあったが、自分がバスに乗っている実感をさらに感じられるような気がしたのだ。

「ほら」

次の信号を過ぎたら、大学前のバス停のアナウンスが流れる。その瞬間に押さないと、同じバスに乗っている他の学生が手を伸ばしてしまう。

遥は、視線の先にあるボタンをじっと見る。

「次は……」

（来たっ）

アナウンスが流れた瞬間、遥は自分では勢いをつけて指を伸ばした……つもりだった。しかし、驚くほど手はゆっくりと伸びていたようで、指先がボタンに触れる寸前にボタンは鳴ってしまった。

「……あ……」

「また次、頑張ってみましょう」

「……うん」

（次、か）

最後にバスを降りながら、遥は漏れそうになる溜め息を口の中で噛み殺す。昨日も同じような決意をしたというのに、また同じように手が伸びなかった。今度こそ、ボタンを押せるかはわからないが、多分、明日も同じように挑戦をすると思う。

「今日は少し暖かいですね」

「でも、マフラーは手放せないよ」

朝が早いせいか、コートもマフラーも手放せない。手袋をしていても奇異な目で見られないのはいいが、雪が降れば長い距離を歩くのは大変だ。

早く、家の前のバス停からバスに乗れるようになればいいのだが、三十分も満たない時間でも、あの狭い空間にいるのは苦痛だ。

（でも、今は結城君が一緒だし）

根気よく遥につき合ってくれる彼のためにも、少しでも早くこの恐怖心を克服しなければならない。

十二年もの間動かなかった心が、ここ数週間で驚くほど大きく揺れている。その変化は怖くもあるが、それ以上に嬉しいものだった。

「結城君」

「はい？」

ただし、確認はしておきたい。自分の都合だけで結城を振り回していないか、彼の口から聞いておきたかった。

「教授の手伝い、まだしてる？」

遥がそう言った途端、結城が珍しくしまったという表情をする。その表情の変化だけで、遥は自分の疑問の答えが出てしまった。やはり遥が危惧《きぐ》していたように、教授の手伝いはすでに終わっていて、それなのに、結城は遥のためだけに毎朝あんなにも早い時間につき合ってくれているのだ。

「……」

「……怒っています？」

遥が黙って結城を見つめていると、彼はそう聞き返してくる。その表情に、遥はなんだか笑みが零れた。

普段は意識しないが、結城が自分よりも年下なんだと感じてしまい、いつもの大人っぽい彼をからかいたくなってしまった。

「無理をしているんじゃない？　講義で居眠りとかしてない？」

「してない、誓います」

信じてというように片手を上げて宣誓する結城に、遥は今度こそふき出し、声を出して笑う。こんなふうに笑うのは、なんだかすごく久しぶりのような気がした。

「うん、信じてるよ。結城君は不真面目な学生じゃないって」

「白石さん……」

それはそれでなんだか言いたいことがあるような様子だが、今度はわざと見逃してあげることにする。まだまだ遊びたい盛りの結城が講義をサボったとしても、遥が注意することではない。

ただし、もしも女の子とデートなどしたら……。

（そ、そんなこと、あるはずないしっ）

「俺は、毎朝デートしているつもりなんです」

「……デート？」

「白石さんは毎日図書館の仕事があるでしょう？　俺も出ないといけない講義があるし、時間を合わせてもらうのは大変だから、誰にも邪魔をされないこの時間だけ、白石さんを一人占めしたくて」

「ひ、一人占めなんて……」

独占欲を感じさせる言葉がくすぐったくて、遥は視線を彷徨《さまよ》わせた。

「駄目だと言わないでください」

「い、言わないよ」

（つき合ってる、とか、こんなふうなのかな）

結城の一言、そして行動が、なんだかとても――甘いのだ。知り合った当初も十分優しかっただけに、その糖度はさらに甘さを増して、遥の心をドロドロに蕩かしてしまう。つき合うということに対する身構えもできないまま、結城に甘やかされ、包まれているようだった。

「い、行こう」

遥は動揺する気持ちを抑え、大学に向かって歩き始める。その隣を、すぐに追いついた結城が並んだ。

大学が近いせいか、手を繋ぐことはできない。なんだかそれが寂しいような気がした。


「明日、デートしませんか？」

金曜日の朝、その日も大学に向かって結城と歩いていた遥は、彼からそう言われて立ち止まってしまった。

「……今、してるよね？」

毎朝欠《か》かさずしている朝のデート。つき合う前までそれは単なる通勤だったが、今の自分たちにとってこれは確かにデートだ。

「ちゃんとしたデート。どこかに遊びに行きましょう。白石さんの行きたい場所に行きますから」

「僕の行きたい場所？」

改めて言われても、遥にはすぐにどこか思い浮かぶ所はない。どこに行くにも人がいっぱいで、そんな人に触れないようにするだけで神経を使うのは嫌だったからだ。

遠い昔、両親と行った遊園地や動物園も、今の遥にとっては恐ろしい場所で、休日は家にいるのが一番気持ちが休まった。

だが、ここでどこにも行きたくないと言ってもいいのだろうか。面白くない奴だと、面倒だと思われないだろうか。

(そうなったら……嫌だ)

何と応えようか、遥は頭の中でめまぐるしく考える。

遊園地、公園、水族館。映画に、ショッピング、あと……何があるだろう。きっと、どこに行くにも人はいっぱいでビクビクしながら過ごすことになるだろうが、結城が楽しいと思ってくれるのならば我慢も――。

「勘違いしないで、白石さん」

「結城君?」

「俺は、誰かのためじゃなく、あなたが行きたい場所でデートしたいんです」

それでは、結城は遥に合わせることしかできないではないか。

一瞬で曇った遥の表情に、結城は穏やかに違いますと重ねて言ってくれた。

「朝だけじゃなくて、少しでも長い時間一緒にいたくて。近くの公園でも、図書館でもいいんですよ。白石さんがしてみたいこと、俺にも教えてください」

そうは言われても、明日までに場所が決められるはずがない。かといって、せっかく誘ってくれた結城の思いは嬉しくて、遥はしばらく考え込んだ。

仲の良い友人たちとしてみたいことは考えたことがあるものの、相手が恋人となれば事情はまったく違って、想像すらできない。

「……結城君」

遥はとうとう降参し、申し訳なく思いながらも結城を上目づかいに見ながらお願いをした。

「君に考えてもらってもいい？　僕、正直まったく思いつかなくて……でもっ、結城君と一緒に出掛けるのは嬉しいんだよ？」

結城が考えた場所なら、きっと楽しめると思う。自分自身に対しての制限はあるかもしれないが、それでも頑張れると断言できた。

遥が頼み込むと、なぜか結城は横を向いてコホンと咳払いをしたが、すぐにわかりましたと頷いてくれる。

「じゃあ、後でメールします。でも、本当に嫌だったらちゃんと言ってくださいね？　二人で楽しまなくちゃ意味がないんですから」

「うん、ありがとう」

大学で結城と別れてから、遥は何度も携帯を見た。遥のことを考えてくれる結城が仕事中に連絡をしてくることはないと思うが、それでも、もしもと気になるのだ。

「……あ、違った」

バイブレーターが震えたかと勘違いし、画面を確かめてがっくりと肩を落とす。それを、朝から何度も繰り返した。何時くらいにと時間を言われなかったから余計にそわそわは収まりそうもなく、とうとう昼休み、堺に「俺が気になってしかたがない」と言われてしまった。

「デートの場所？」

いったいどうしたんだと問い詰められ、ごまかすこともできずに正直に伝えれば、そんなことかと呆れられてしまった。遥にとっては人生初の大イベントだが、他の人にとっては些細《ささい》なことなのかもしれない。

「あいつも、もったいぶらずにさっさとメールを寄越せばいいのに」

「結城君も忙しいんですよ」

ここまで気にしているのは自分のせいだからと結城を庇《かば》えば、

「ご馳走様《ちそうさま》」

と、溜め息をつかれる。いったい何がノロケだったのかと疑問に思っていた時、ようやく待ちかねた携帯のメールが届いた。

「おい、見せろよ」

「で、でも」

「俺も気になるんだよ」

横から覗きこんでくる堺の頭を押し返すこともできず、遥は急く気持ちを抑えながらメールを開く。仕事を労《ねぎら》う言葉の後、明日行くデートの場所が書かれていた。

「……美術館？」

「退屈そー」

「な、何言ってるんですかっ」

つまらなそうに身体を引いた堺には即座に反論したが、美術館というのは遥も想像していなかった場所だった。

「どこにあるんだろう……」

住所が書かれていたが、恥ずかしいが遥は地理がよく把握できない。

「堺さん、ここどこですか？」

「……うちの大学から近いな。バスでも二十分は掛からないんじゃないか？」

堺の返事を耳にしながらスクロールを動かせば、明日はいつもよりも頑張って歩きましょうと書かれている。結城は美術館まで徒歩で行く気だ。

（僕のためだ……）

人混みの駄目な遥のために美術館を選んでくれ、その交通手段も考えて大学から近い場所にしてくれたのだ。二人で楽しむ場所と言っていたが、これは完全に遥のことを考えてくれた選択だった。

（結城君……）

こんなに優しい人と自分はつき合っている。まだ手を繋ぐ段階のつき合いだが、深く想ってもらっている。

（僕も……ちゃんと……）

結城に、ちゃんと心は傾いている。好きだと、伝える時はそう遠くないかもしれない。


「おはようございます」

「おはよう」

毎朝、会うたびに交わす挨拶だが、今日は少しだけ意味が違う。時間は出勤時間よりも三時間も遅いし、空にはすっかり太陽が昇っていた。

「天気よくて良かったですね」

「うん。寒さも少し和《やわ》らいでいる感じだよね」

太陽が顔を出していると体感温度はずいぶん高い。遥は出勤時と同じコートにマフラー、そして手袋までしているが、結城の服装はいつもより薄着なようだ。

「僕、ちょっと着過ぎ？」

「暖かそうでいいですよ。それに」

「それに？」

不意に言葉を途切れさせる結城に、遥は先が聞きたくて促す。すると、結城は目を細めて笑い掛けてきた。

「いつも思っていたけど、そのコート、ひまわりみたいで可愛いし」

「か、可愛いって、変だよ、結城君」

小さな子ではないのだし、ましてや女の子でない自分のことをそんなふうに言われるのは正直リアクションに困る。けして嫌じゃないのが困るのだ。

ヒマワリというのは、きっとこのオレンジ色のダッフルコートから連想したのだろう。やはり、男っぽくはないのかもしれない。

「いい機会だから、コート買おうかな」

「どうして？　そのコート、白石さんによく似合ってる」

「……ありがと」

褒められれば、礼を言うしかない。複雑な思いでそう答えると、もう一度コートを見下ろした。色は少々文句もあるが、暖かくて、何より母の気持ちがこもっている。

「……このままでもいいかな」

「いいです」

小さく呟いた声にちゃんと言葉が返ってくることが嬉しい。遥は零れてくる笑みを口元に湛《たた》えたまま、結城と並んで普段よりゆっくりな速度で歩き始めた。

「結構、人がいるね」

「駅前に行ったら大変ですよ」

「そうなの？」

もともと都心ではなく郊外で育ち、潔癖症になってからは意識的に人混みを避けていた遥は、どこがどんなふうに混んでいるかというのはわからない。あまり見ないテレビの中のニュースで街が映っても、どこか遠い世界の話のようにしか見られなかった。

だが、今自分の足で歩き、目で見る街は、生きて動いているのだと肌に伝わってくる。少々交通量が多くてごみごみしているが、これがきっと普通の光景なのだ。

三時間近く歩いたのに、結城との会話が楽しかったせいかまったく疲れたとは思わなかった。むしろ、あっという間に美術館まで来たという印象だ。

開かれていた展示会は新人作家の合同展らしく、想像していたよりもずっと人の数は少ない。展示会としては好いことではないだろうが、遥にしてみればゆったりと絵を楽しむことができて良かった。

「なんだか、何を描いているのかわかんないものもあったね」

「あれ、きっと上下を間違えているんですよ」

お互いに気に入った絵のことを話し、笑いあって、美術館の外へとやってくる。青々とした芝生は休憩所にもなっているようで、ポツポツと座っている人影があった。

「結城君、お腹空かない？」

「そうですね。俺がどこかで買ってきて……」

「弁当、作ってきたんだけど……」

「白石さんが？」

外食は無理だと始めからわかっていたので、遥は昨日から弁当の下準備をしていた。一人暮らしを始めてから料理だけは欠かさずやってきたので、少しは食べられるものを作れたと思う。

サンドイッチと、唐揚げ。後は、ウインナーに卵焼き。

冷凍食品を入れるのは申し訳ない気がしてやめたが、そうなると自分の中で作られるものはごく限られたものになっていた。大きな失敗はないはずだが、きっとどこにでもあるようなおかずになってしまっている。

もっと張り切って作りたかったが、時間もなくて買い物に行くこともできなかったので、遥は何とか今自身ができる精一杯のものを作って持ってきた。

食べるごとに、弁当を持ってくることなどまったく想像していなかったのか、結城は一々感動してくれ、

「美味い！　すごいな、白石さん」

そう、褒めてくれる。反応がストレートなので恥ずかしかったが、もちろん美味しいと言ってもらえたのは嬉しくて、遥もようやく自身の弁当を口にした。

「……おいし」

「ね？」

「今朝、味見した時よりも美味しい……」

「こんな気持ちいい空の下だからですよ」

結城に言われて、遥は空を見上げる。太陽と、蒼い空。少し風は肌寒いが、それでも外で食事をするのにはそれほど影響はなかった。

でも、それよりもなお、朝の味見とまったく違うと感じるほどに料理が美味しいのは結城といるからだ。誰かと一緒に食事をするという楽しさを、遥は改めて教えてもらった気がした。

「うまそう」

「料理上手ですね」

「そうかな。一人暮らしだから何とかできるだけだよ」

　遥も実家にいた時は何もできなかった。一人暮らしをすることに決めた途端、最低限の家事を母親が教えてくれた。今はとても感謝している。

「俺は実家にいるから全部母親に任せきりで。でも、白石さんを見習って少しやってみようかな」

　器用な結城なら、きっとすぐに上達するはずだ。大きくて長い指が器用に料理をする姿を想像し、遥は頑張ってと告げた。

「結城君、今日は誘ってくれてありがとう。僕、こんなふうに休日を外で過ごすなんてずいぶん久しぶりだから……なんだか、凄く楽しい」

「俺だって楽しいです。白石さんとこうして長い間ずっと一緒にいられるし」

「な、なに言ってるの」

「……白石さん」

　急に、結城の声のトーンが変わった。なんだか艶《つや》っぽくて、聞いているだけでドキドキとして、目など合わせていられないほどだ。

「今日のデート、少しは気に入ってくれたんなら……ご褒美、もらってもいいですか？」

「ご、ご褒美？」

「名前、呼ばせてください」

「名前……僕の？」

「白石さんって、みんな呼んでるじゃないですか。俺だけ、つき合っている恋人にしか許さない呼び方、許してください」

「こ、恋人って、ぼ、僕はっ」

「まだ、早いですか？」

（ちょ、ちょっと待ってて っ）

どんどん言葉を重ねてくる結城に、遥は追いつめられる気がして焦る。

名前くらいと簡単に思う一方で、それが恋人同士の特権などと言われるとすぐに頷いていいのか迷った。もちろん、結城とつき合っているのは事実なので構わないのだが、改めて言われると――恥ずかしい。

なかなか頷かない遥を、結城はじっと見つめている。そして、次の瞬間少しだけ顔を近づけてくると、

「遥さん」

「！」

そう、名前を呼んできた。

生まれた時から付いている名前が、結城が呼ぶと特別な色に変化するようだ。愛おしい……そんな響きを込めて呼ばれる名前が、なんだか自分にとっても大切なもののように思える。

「駄目ですか？」

こんな時に、そんな弱気なことを言わないでほしい。一応年上な自分は、甘やかしたくてたまらなくなるのだ。

「い、いよ」

「ありがとう、遥さん」

ずっと前から呼んでいるかのように、結城の声に自然と馴染《なじ》む響き。遥もまた一つ、結城に近づいたような気がした。

初めてのデートは、午後六時には家に帰宅するという健全《けんぜん》なものだった。

もしかしたら夕食に誘われるかもしれないと身構えもしたが、結城は「まだ早いから」と言って玄関先まで送ってくれ、一度強く手を握ってから帰って行った。

その日は、遥は朝からのことをグルグルと考えて胸がいっぱいになってしまい、夕食もとらずに眠ってしまった。翌朝腹が空いて目が覚めるなんて、初めての経験だった。

日曜日は結城に会えなくて寂しく感じた。今までも会えない時はあったのに、昨日のデートで遥の中の結城の存在はさらに大きくなってしまったらしい。

だから、

「おはようございます、遥さん」

月曜日、そう言って笑いかけてくれた結城を見て、遥は胸の中がほんわりと熱くなり、昨日感じた寂しさなどすぐに消し飛んでしまった。

「……で?」

「で?」

「それだけ?」

「それだけですけど?」

重ねて問われ、遥はなんだろうと思いながら首を傾げる。その反応に、堺はあーっと溜め息交じりに声を上げた。

　休憩室の中は二人だけだったので、遥もそんな突っ込んだ話ができたが、一緒に喜んでくれると思っていた堺の意外な反応に、自分の方が戸惑いを感じてしまった。

「なんだよ、キスくらいしたかと思ったのに」

「キ、キスぅ？　そ、そんなのっ、できるわけないじゃないですか！」

　ようやく、名前呼びの段階なのだ、キスなんて高等なおつき合いレベルまで達していない。

「どうして？　つき合ってるんだろ、お前たち。まあ、男同士のセックスはハードルが高いだろうが、キスくらいなら女と変わんないんじゃないか？」

　遥は焦るが、堺はふんと鼻を鳴らしながら当たり前のように言った。キスの上にセックス……遥には許容範囲以上で、なんだか眩暈《めまい》がしそうだ。

「セックス、知らないことはないよな？」

　遥の反応に不安になったのかそう聞かれたが、さすがに小学校の時、性教育はあった。その直後にあんな事件があったので、自分の中のセックスに対する嫌悪感や恐怖が無駄に大きくなってしまったと言えなくもない。

（で、でも、結城君は……考えてるのかな……？）

　好きだと言ってくれ、つき合って欲しいと申しこまれた。その中には欲望を伴う思いはあるのだろうか。

「……堺さん、結城君、僕とその……したいって、思ってるんでしょうか？」

「そりゃあるだろ」

「……っつ」

即答され、遥は息をのんだ。

「まあ、あいつはお前のことを大事にしているみたいだし、無理矢理押し倒しはしないだろうが、好きな相手とセックスしたいって思うのは普通のことじゃないか？」

「だ、だって……」

「それとも、そんな奴、汚らしいと思うか？」

堺の言っているのが結城のことだとしたら、遥には彼を汚いと思うことは絶対にない。

「じゃあ、考えろ」

どうして追いつめるようなことを言うのかと、遥は恨《うら》みがましい目で堺を見てしまう。いつだって相談に乗ってくれ、いいアドバイスをくれていた堺が、急にいじめっ子になったようにみえた。

「あいつとつき合うって決めたんなら、逃げないことにしたんだろう？」

そんな遥の甘えを許さないように、堺はそう言って椅子から立ち上がる。放り出されたようで、心細くてたまらなくなった。

「堺さん」

「相談はあいつにしろ。さすがにこれは、手取り足とり教えることはできないからな」

「でもっ」

「白石」

引き留めようとした遥の手を、突然堺は掴んだ。今までにない接触に驚き、怖くなって、遥は反射的にその手を振り払う。

しかし、その後に見た堺の表情に、自分の今の行動をすぐさま後悔した。寂しそうな、自嘲を含んだ笑みは、堺には絶対に似合わない。

「すみませんっ」

とにかく、謝りたくてそう言うと、堺はふうっと溜め息をついた。

「わかっただろ？　お前は、あいつにだけはちゃんと触れることができるんだ」

「堺さん……」

「その意味を教えてやるほど、俺も優しくないんでね」

仕事しろよと言いながら、堺は休憩室から出ていく。いつもは休み時間ぎりぎりまでここに残って遥が呼びに来るくらいなのに、今日はまだ五分以上も時間を残していってしまった。

「……」

あれは、意地悪ではない。堺は遥のことを思い、強い言葉で言ってくれたのだ。さらに助言が欲しいなんて、それは遥の甘えでしかない。

(結城君と、キス……?)

唇を重ねた姿を想像する。

「……気持ち悪く……ない」

怖いが、恐怖は感じない。

「せ、っくす……?」

(……男同志、だよ?)

「できるはずがない、よ」

男女で身体を重ねることはできるが、男同士は身体の造りが同じで合体なんてできるはずがない。それとも、男同士というのは自慰《じい》の延長のようなことをするのだろうか?

そういったことに嫌悪感を抱いてきた遥は、正直言って自慰をしたことがない。月に一、二度、夢精《むせい》で下着を汚すことはあるが、明らかな意図を持って自分の性器に触れたことは今までになかった。

学校で習ったこと以外に方法は考えつかず、堺の言ったことは単なる例え話かとも思うが、絶対にないとも言い切ることはできない。

「……あ」

ふと壁時計を見上げると、休憩時間を二分、過ぎていた。遥は焦って戻り、すぐにカウンターへと足を向ける。

「遅いぞ」

「すみませんっ」

受付をしていた堺はそう言って笑い、次の指示を与えてくれた。その様子に、先ほどの休憩室の態度はまったく感じられない。

「返本が多いからな、さっさと動かないと残業になるぞ」

「はいっ」

月曜日は他の曜日よりも図書館にやってくる人が多いので、堺の言うとおり手を休めずに動かなければ仕事が終わらなくなってしまう。

帰りも結城が一緒に帰ってくれるが、遅くなったら申し訳ない。遥は手にいっぱい戻された本を抱えると、ズラリと並ぶ本棚へと足早に向かった。

五歩め　ホカホカ育つ恋心

一緒に歩いていても、つい結城の口元に視線が向いてしまう。自分がこんなにもエッチな性格をしていると思わなかったが、遥は初めての恋人である結城に対し、初めて性的な関係を考えていた。

堺に言われたからではないが、どうしても結城とそういった関係になることを意識してしまい、ドキドキとした次の瞬間、今度は絶対に無理だと深く落ち込む。

結城のことは、好きだ。多分、告白された時よりもずっと、彼のことを大切に思い始めている。結城の手は怖くないし、遥の呼吸を考えてゆっくりと伸ばしてくれる大きな手も優しい。

でも、身体に触れられるのは怖い。細い自分の足に触れた、あの気色の悪い手は脳裏に焼き付いていて、結城のことさえも拒絶してしまいそうだ。

そんな遥の思いを結城がわかってくれていることがさらに心苦しく、どうにか克服しなければとますます焦ってしまう。

「遥さん、皺《しわ》」

「え？」

遥は目の前に指を出され、パッと身体を後ろに引いた。

昼休み、結城が図書館にやってきて、一緒に昼食をとることになった。遥は持参した弁当を、結城はコンビニで買ってきたパンを持ってきた。前もって言ってくれたら弁当を作ったのにと思ったが、男がそんなふうに思うこと自体女々《めめ》しいかもと思い、遥は何も言わなかった。

今の休憩時間は遥の他に三人の職員も昼食をとっているが、彼らは学食で食べている。結果、遥は休憩室に結城と二人だけでいられた。

「し、皺？」

指摘されて、遥は自分の眉間を指先で撫でる。鏡がないのでわからないが、結城が言うほどはっきりとした皺ができていたのかもしれない。

「何かありました？」

結城は遥の内心を探るように聞いてきた。一瞬、ドキッとしたが、すぐにごまかすように笑みを浮かべる。

「何もないよ？」

自分が何に悩んでいるのかとても結城には言えなくて即座に否定すると、かえって怪《あや》しいと思われたらしい。結城は食べていたパンをテーブルの上に置き、身体ごとこちらを向いた。

「嘘でしょう」

「う、嘘なんかじゃ……」

「遥さん、嘘つくと瞬きが多くなるんですよ」

「えっ？」

「気づかなかった？」

そんな癖に気づくわけがない。遥はパッと両手で顔を覆うとしたが、結城が「駄目ですよ」と言って手を掴もうとしてくる。

これくらいの接触はもう何度もしてきたが、さすがに今の心境では落ち着かない。遥はゴトッと音を立てながら椅子ごと後ずさった。

「遥さん」

結城は咎《とが》めない。しかし、その名を呼ぶ声に、遥はそれ以上の拒絶をすることは難しい。

「話してくれませんか？」

両手を、ゆっくりと顔から離した。視界の中には結城の姿が入ってきて、さらに落ち着かなくなるが、それでもこれ以上ごまかすことはしたくない。遥にとって大切な相手である結城には、ちゃんと真摯に向き合いたかった。

ただ、今の自分の気持ちをどう言葉にして伝えたらいいのか、その内容が内容だけに考える。

「あ、あの、ね」

視線がまた、結城の唇に吸い寄せられた。

「あ、あの……キ……ス、が」

「え？」

「……結城君、僕と、あの、キス、したい？　……う、嘘っ、ちょっと待ってっ」

（僕っ、何言ってるんだろっ）

結局、そのものズバリを言ってしまった。言ってから後悔し、遥は自分だけが慌てているみたいで、羞恥のためにこの場から逃げ出したくてたまらなくなる。結城の反応も怖くて耳を塞ごうとしたが、俯く視線の中に不意に結城の足が飛び込んできた。

（……え？）

いつのまにか椅子から立ち上がった結城が、遥の目の前に跪《ひざまず》いていた。自分が彼を見下ろす体勢はなんだか新鮮で、遥は顔を隠すことも忘れる。

視線が合ったことに安堵したのか、結城は目を細めて笑った。

「嬉しいです」

本当に嬉しそうに、結城は言った。

「ちゃんと、俺のことを恋人だって受け入れてくれていたんですね」

今さら何を言うのだろう。結城とつき合っている自覚はこれまでだってちゃんとあった。

誰かと一緒にいること自体は慣れないし、恋人という存在が初めてなので何をどうしたらいいのかわかっていないかもしれないが、遥は結城のことを真っ直ぐに見ているつもりだ。

「だって、キスすることまで考えてくれたんでしょう？　すごく嬉しい」

「ぼ、僕は」

「でも、前にも言ったと思うけど、慌てなくていいんですよ？　俺たちには俺たちのペースがある。キスも、遥さんがしたいと思った時でいいんです」

キスをしたいと思う時――。

「……今、かも」

「え？」

思わず口から漏れた言葉に、遥は自分でも驚いた。だが、本当に今、結城を見ていて思ったことだった。

「……じゃあ、してみますか？」

確認するように言った結城に、遥は——微かに頷く。しかし、したいとは思っても、別の気持ちも心の中にあった。

「でも……怖い」

「ええ」

遥の気持ちをすべて吐き出させようとするかのように、結城は静かに先を促してくれる。

そんな彼に、遥は甘えた。

「結城君と向かい合いたいのに、僕はまだ恐怖心をすべて、克服できていないんだ。だから、キス、するの……怖いと思ってる」

けして、結城が怖いわけではないのだ。

「直接じゃなかったら、大丈夫？」

「直接じゃないって、だって……」

キスは、口と口を合わせてするもので、間接的にするものでは……。

「あ」

（間接、キス？）

本で読んだことがある。同じコップで飲み物を飲むとか、同じ箸で食べ物を摘《つ》まむとか。それだけでも間接的なキスをしたと言えるらしい。

そう思いついた遥は、今自分が持っている箸を見下ろす。これで、結城に弁当を食べてもらったらいいかもしれない。一応、間接キスというものはクリアしそうだ。

でも、食べかけの弁当を食べてもらうのは申し訳なくて、今から急いでコンビニの弁当でも買いに行こうかと迷う。

忙しなく視線を動かしながら、遥はなんだか、これだけのことで一生懸命な自分が馬鹿なように思えた。しかし、その馬鹿なことを考えるのが、困るのに、楽しい。一つ一つを考えるのは大変なのに、それができる今が、とても嬉しかった。

「結城君、ちょっと待ってて。今何か……」

「それ、使ってもいいですか?」

「それ?」

椅子から腰を浮かせようとした遥は、結城が指差したものに視線を落とす。それは、弁当箱の蓋の上に置いた、デザート代わりのリンゴだ。

「……リンゴ?」

「を、包んでいるラップです」

「ラップ……」

すぐに食べられるように皮を剥《む》いて、一口大に切っているリンゴにはラップが巻かれている。それをどうするのかまったく思いつかなかったが、拒否することもないので遥は蓋《ふた》を差し出した。

結城はリンゴを一つ手にとり、ラップを剥がす。そして、クシャッと張り付いたラップを軽く広げると、なんと、自分の口元に当ててしまった。

「結城君？」

いったいなんの真似だろう。戸惑いながら名前を呼ぶと、ラップ越しのくぐもった声が耳に届いた。

「これなら、怖くないいんじゃないですか？」

「え？」

「キス、してみましょう」

「ラ、ラップ越しに？」

「ええ」

ラップ越しの、キス。遥の潔癖症を知っている結城は直接の接触はせず、薄い、本当に透明な膜《まくご》越しのキスをしようと提案してくれたのだ。

恋人同士として、キスをしなければならないんじゃないかという焦りと、いまだ生身の接触を怖がる気持ちの揺れを、結城はちゃんと理解してくれている。

「こ、こんなの……」

ラップ越しのキスなんて、今まで本でも読んだことがない。これが、普通の恋人同士の間ではあり得ないことではないかと、さすがに遥もわかった。

それなのに、なんだか視界が潤《うる》んでくる。どれだけ自分のことを考えてくれるのかと、結城の深い愛情を感じ、嬉しくて——泣いてしまいそうだ。

「……結城君……」

結城は嫌がりもせず、口元のラップを押さえながら遥のリアクションを待っている。

「……」

少しだけ、前へ身体を乗り出した。さっきから気になってしかたがなかった結城の唇が目の前にある。

ゆっくり、本当にゆっくりと顔を近づけ、ごく間近に結城の顔がきた。これほど近くになって初めて、彼の瞳が少し茶色がかっていることに気づく。

初めて知るその小さな事実。もしかしたら結城も、遥の顔の中に今まで知らなかった事実を見つけ出すことができただろうか。

「……」

唇が触れる直前に目を閉じ、ちょんっと、相手のそれに触れた。ラップ越しにもわかる人の唇の柔らかさに、パッと身を引いた遥は唇を押さえてその衝撃を受け止める。

「どうでした？」

ラップを外《はず》しながら問われ、遥は唇を押さえたまま呆然と呟いた。

「……リンゴの味」

「甘かった？」

クスクス笑われたが、遥は素直に頷いた。それは、リンゴを包んだ側に唇が触れただけだとわかるのに、なぜだか結城とのキスの味がリンゴ味だと、脳裏にインプットされた。

（キス、したんだ）

ラップ越しだが、遥にとってはかなり衝撃的な体験だった。

翌日から、結城は毎朝遥に手を差し出してくれるようになった。これまでは短い区間、まるで遥に人との接触を覚えさせるかのような触れ合い方をしてくれていたが、昨日キスをしたことで、遥の方も結城との触れ合いを望んでいることがわかったらしい。

無理強いはしなくても、ちゃんと恋人同士のように振舞ってくれるようになり、優しさが倍増されて、受け止める遥はいっぱいいっぱいだ。

（でも……）

繋がれた手を見下ろし、遥は小さな溜め息をつく。

（やっぱり、手袋は外せないし……）

今までの遥からしたら、信じられないほど親密な触れ合いができているが、やはり生身の肌で触れる踏ん切りはついていなかった。結城が怖くないとわかっているのに、自分の中の弱さが、さらなる一歩を踏み出すのを躊躇《ためら》わせる。

「また」

「え？」

「そんな顔しないでください」

会話が途切れたことで、遥がまたグルグル考えていることを見越したらしい。結城は繋いでいる手を軽く揺すった。

「一緒に頑張るんでしょ？」

「……うん」

「大丈夫」

キスをした後、初めての経験に気持ちが高ぶっていたのか、遥は自分でも思いがけない宣言をしてしまった。

『僕、結城君と病気を克服したい。ちゃんと、触れ合いたい』

薄い膜を通した接触は、遥にそれなりの安心感はくれる。だが、温かさが足りなかった。少し冷たかった結城の唇は、直接触れたらもっと温かいのではないか。

初めて抱いたと言ってもいい欲望に、結城は提案してくれた。

一緒に、遥の潔癖症を克服するために頑張ろう。

決意はしたが、あれから一週間経っても自分たちの距離は変わらなかった。内心では安心しているくせに、少し不満に思っている自分も確かにいる。

「わかっているんだけど……」

たぶん、迫られたら拒否するくせに、我儘にも触れ合いを望んでいる気持ちを持て余すのだ。

「じゃあ、今日も練習しましょうか?」

「う、うん」

一週間、毎日一回、キスの練習をしている。夕方、図書館に迎えに来てくれる結城との、ラップ越しのキス。リンゴの味はもうしないが、最初の触れるだけで離れたキスよりも、今は少しだけ長くなった。

「昨日は、足りないって遥さんの方から押しつけて来たでしょう」

「う、嘘」

「ホント」

結城は笑い、色っぽい眼差しで遥を見る。その中には確かな愛情と、小出しにしてくれている欲情が含まれている。前なら怖く感じていただろうその視線も、今ならばくすぐったく感じる自分は現金かもしれない。

いや、少しは人と、結城と触れ合うことを自ら望むようになってきているのだ。

「早く、ラップを外したいですね」

「う……」

「今のもキスだけど、もっと深く触れ合うキスもあるんですよ」

知っている。知識の中だけのキスも、自分たちがしているものとは少し違うものだ。ちゃんとした恋人同士のキスは互いの舌を絡め、唾液を交換する、らしい。他人の体液が自分の中に入り込んでくる。それを想像し、遥の中にまた、小さな恐怖が生まれる。

「……もう少し、先にね」

握った手から遥の緊張感を読みとったのか、結城はそう言って見せていた欲情を綺麗に隠してくれた。彼くらいの歳の男だったらごく当たり前の欲望を抑えさせていることが申し訳ない半面、まだ大丈夫だと安心もする。

(ちゃんと、僕のペースに合わせてくれてる)

それを、厭《いと》わないでくれている。

遥は深呼吸をして身体の強張りを解くと、自分からも結城の手を強く握りしめた。

バスは、もう通勤の半分の距離は乗ることができるようになった。そのおかげで朝は以前よりもゆっくりと眠れるし、そのせいか朝の体力も削られなくて仕事も順調だ。

「白石、この本戻して」

「はい」

前なら、一抱《ひとかか》えもある本を運ぶのに息が切れていたが、最近ではそんなこともなくなった。周りの同僚たちも、変わったねと言ってくれる。

「白石も大人の階段を上ってるってこった」

唯一、遥の事情をほぼすべて把握している堺は、ことあるごとにそう言ってからかってきた。周りに誰もいない時限定だが、やはり恥ずかしくて反論してしまう。

「お、大人の階段ってなんですかっ」

「さあ」

　にんまりと目を細めて笑う顔は意地悪だ。これ以上突っかかっては墓穴を掘りかねないと感じたが、最近の遥の変化を目の前で見ている堺は、いったい二人がどこまで進んでいるのか興味があるらしい。

「名前呼びしてたよなあ」

「……いいじゃないですか」

「手も繋いでるし」

　そこで言葉を切った堺を、遥は警戒して見つめる。

「前はキスがどうこうって言ってたけど、今は落ち着いちゃってるよな？　もしかして……しちゃった？」

「……っ」

　ここは、笑ってごまかすのが一番だとわかっていた。しかし、頭の中に今朝の結城の言葉がパッと思い浮かんでしまい、遥は顔が熱くなってしまう。きっと、みっともないくらい顔は赤くなっているはずだ。

　どうしようと視線を彷徨わせる遥に、今まで身を乗り出すようにして追及してきた堺が椅子に座りなおした。

「やめとくか」

「……堺さん？」

「聞いたら聞いたで、なんか……ムカツキそう」


勤務が終わり、遥は図書館で結城がやってくるのを待っていた。

勤務時間が決まっている遥とは違い、学生の結城の方が予定が日々まちまちで、いつも彼の方が自分の時間をやりくりして遥との時間を確保してくれていた。

学生同士ならまた、違ったつき合いができたのかもしれない。だが、そう考えるだけ無駄だ。遥が社会人なのも、結城が学生なのも、出会った当初からわかりきっていたことだ。

時刻は午後六時十五分。六時には行けますとメールが来ていたが、何か予定が変わったのだろうか。

それならば電話やメールがありそうだと思いながら、遥はすでに暗くなった窓の外に視線を向ける。

「あ」

ちょうど、こちらにやってくる結城の姿が見えた。彼も遥の姿を確認したのか、手を上げて合図を送ってくれる。

わざわざ建物を回って来てもらうのは申し訳なくて、遥は荷物を持つと足早に玄関ホールへと向かった。

結城がやってくるはずの入口に近づいた遥の耳に、突然話し声が聞こえてきた。静まり返っているせいか、その話はよく聞こえた。

「……で、わざわざここで待ち伏せしていたのか」

（結城君？）

耳に馴染《なじ》んだ結城の声。しかし、その響きは驚くほど冷たい。遥は今まで聞いたこともない結城の声に足が止まってしまった。

「だって、最近いつも忙しいって時間取ってくれないでしょう？　単なる噂だって思ってたけど、本当にあの図書館の職員とデキてるの？」

遥が怖じ気づきそうな怖い結城の声にも、まったく怯んだ様子もなく話しかけているのは女の子だ。結城が女の子と一緒にいる姿は見たことがあったが、話しているのを聞くのは初めてだった。

なんだか盗み聞きをしているようで後ろめたいが、今さら図書館に引き返すことはできず、遥は見つからないように柱の陰で小さくなった。

「お前に関係ないだろ」

「あるわよ。私、つき合ってって言ったじゃない。振られたわけが男なんてサイアク」

「……っつ」

(バレてる……っ)

自分たちの関係を吹聴していないし、大学内で会うのも図書館の中だけだ。一緒に行き帰りしているが、大学近辺では手を繋いでいない。遥は、自分と結城の関係を知っているのは堺だけだと思いこんでいた。

しかし、今の女の子の言葉を聞くと、噂になるほど自分たちの関係は知られているのだ。今は噂の域を出ていないかもしれないが、もしかしたらじきに大学の方にも知られてしまうかもしれない。

臨時だが、遥が大学の職員であることは確かで、その職員が学生に手を出したということになる。いったいどんな処遇《しょぐう》になるのか、想像すると手が冷たくなった。

「黙っていて欲しい?」

結城の声は聞こえない。今、彼はどんな顔をしているのだろう。

「キスで、口止めされてあげる」

勝ち誇ったような笑みを含んだ女の子の声に、遥は息をのんだ。

自分の唇に触れた結城のそれが、他の誰かに触れようとしている。相手は自分ではないのだ、ラップという膜などはなく、きっと直に唇を重ねてしまう。「遥さん」と優しく呼ぶあの口が、他の誰かに――。

遥はその場にしゃがみ込み、漏れそうになる声を両手で必死に押さえた。今、自分が出ていくべきではないのだ。

（結城君……っ）

どうして、結城と同じ歳ではなかったのだろう。いや、せめて潔癖症でなければもっと自信が持てて、結城を繋ぎとめるような触れ合いもできていたはずだ。

他の誰かとキスした結城に、この先自分はキスできるだろうか。ようやく進み掛けた気持ちが、一気に後退してしまいそうだ。

「志水《しみず》」

その時、結城が相手の名を呼んだ。聞きたくなくて耳を塞ぎたいが、今口元から手を離すと嗚咽《おえつ》が漏れてしまう。

「キスはできない」

「どうしてっ？　キスくらい、いいじゃない！　それで、結城の秘密を守れるのよっ？」

「それでも、俺は遥さん以外にキスしたくない。ようやく手に入れた人なんだ、馬鹿な行動で失うくらいならバレた方がましだ」

きっぱりと相手を拒絶する結城の声に迷いはなかった。

「……いいの？　彼、ここの職失っちゃうかもしれないわよ？」

「だったら、就職活動を手伝う。いっそ同じ大学じゃない方が気楽かもしれないしな」

それからの二人の声は聞こえなかった。遥はもう嗚咽が止まらず、ボロボロと零れる涙はオレンジ色のコートに染みていった。

「……聞いていたんですか？」

不意に、困ったような声と共に、結城が目の前に腰を屈めた。目が合っているはずだが、涙で滲《にじ》んでその顔がはっきりと見えない。

「勝手なことを言ってすみません」

遥がすべてを聞いていたという前提で、結城は頭を下げて謝ってきた。

「遥さんがここの職場が好きなの、よくわかっているんです。それなのに……俺の口からあんなことを言うべきじゃなかった」

「……っ」

（違うっ）

そんなことで泣いていない。そう伝えたいのに、口から出てくるのは情けない泣き声だ。

「あいつには、明日ちゃんと口止めしておきます。本当は、さっぱりした奴なんですよ、ちゃんと話したらわかってくれるはずです」

「……」

「遥さん」

「……」

「遥さん、怒っていますか？」

遥は、ようやく首を横に振った。そして、口元を押さえていた手をなんとか伸ばし、結城の着ているコートを掴んだ。

「……き」

「え？」

「……す、きっ」

ようやくしぼり出た言葉を聞いた瞬間、結城の目が見開かれた。そして次の瞬間、耐えるように一度目を閉じ、再び開いた彼の茶色がかった瞳は濡れているように見えた。

もしかしたら、これは自分が泣いているせいかもしれない。そうだとしても、遥は結城が自分の言葉を受け止めてくれたことを感じた。

「俺も、好きです」

「……ん」

「遥さんが、好きです」

「ぼ、くも」

「好きです」

薄暗い玄関ホールで、お互いに何度も想いを伝えあう。この時初めて、遥は結城と本当の恋人同士になれたと思った。


翌日、遥は昨日の女の子に会うという結城について行った。きっと、これまでの自分だったら避けていただろうが、今は結城と一緒に責任をとるということに躊躇《ためら》いはなかった。

昨日は声しか聞いていなかったが、志水という女の子は綺麗な今時の女子大生だった。遥よりも僅かに身長は低いだけだったし、自信に満ちた目は眩しいくらいだ。

彼女は結城と一緒に現れた遥に驚いたようだったが、頭を下げ、二人の関係を大学側に言わないでほしいと頼むと、大きな溜め息と共にそっぽを向かれた。

「そこまでしたら、私の方が酷《ひど》い女って言われるわよ」

少々きつい物言いだったが、結城の言うようにさっぱりした気性の彼女は、口外しないことを約束してくれた。多分、それは信じていいと思う。

結城との関係を秘密にしたくはないが、あえて公表もしなくていいと、昨日の帰り道に二人で話し合った。このことを大学側が知ったとして、遥が退職させられる可能性はゼロではない。だったら、言わない方がいい。

「彼女、イイ子だね」

志水と別れた遥は、結城に送られて図書館に向かっていた。プライベートで女の子と話すなんてほとんど初めてだが、なんだか堺に似たような感じで、意外と話しやすい。

もしも今後すれ違うことがあったら、遥の方から挨拶をしてみようかとさえ考えた。

「駄目ですよ」

「え？」

「遥さんは俺の恋人なんですから」

好きだと伝えたせいか、昨日の帰りからずっと上機嫌だった結城が、拗《す》ねたように遥の手を握って揺さぶる姿が可愛い。

「……うん、そうだね」

自覚は、ちゃんと持っている。誰にもとられたくない相手、結城が、愛しい恋人だ。

六歩め　ムクムク芽を出す欲望

「遥さん」

名を呼ばれて顔を上げた遥は、目の前の見飽《みあ》きることのないカッコイイ顔を見て顔を赤くした。なにを要求されているなんて、言われなくてもわかっている。

遥は顔を近づけると、男らしい厚めの唇に自分のそれを重ねた……ラップ越しに。

「……んっ」

キスは角度を変え、少しだけ強く吸われる。思わず漏れてしまった声が恥ずかしかったが、十分長いキスの後に、ようやく唇は解放された。

「……はぁ」

その間、遥の両手は膝の上でギュッと握られている。不安定な体勢に、本当は結城の身体に掴まりたいが、キスをしている時に身体に触れるのはどうしても照れくさいのだ。

（そう思うだけで、進歩かも）

　これまでなら、怖いという感情の方が先に出てくるはずが、今は羞恥の方が強い、だが、この方が遥にとってはよい傾向だった。

　結城も、キスの間は手を伸ばしてこない。強く抱きしめられたい気もするが、やはり身体が拒否反応を示す可能性はあって、そうなってしまった時に結城が嫌な思いをするのではないかと心配で、どうしても距離を置くことを願った。

　唇は重ねているのに、身体は離れている。歪《いびつ》だと、なんだか落ち込みそうだ。

「今度の休み、どこか行きませんか？」

「うん」

「どこに行きましょうか？」

　結城とは何度か、大学外でのデートも重ねた。行く場所はいずれも人の少ない、静かな場所が多かったが、ほとんど外に出なかった遥にとって、たとえ近所の公園でも物珍しく、楽しかった。

「ねえ、遥さん」

　今度はどこに連れて行ってもらおうか。遥が考えていると、結城が身を乗り出してきた。

「遥さんの家に行ったら駄目ですか？」

「僕の？」

驚いた。まさか、自分の家が選択肢になるとはまったく想像もしていなかったからだ。

「嫌なら、そう言ってくれていいんですよ」

もう、数え切れないほど結城は遥のマンションにやってきているが、いつも玄関前までで部屋の中に入ったことはない。

両親と引越し屋が入ったほかは、誰も入れなかった。一番安心できる空間に、誰かの痕跡が残ることが怖かったからだ。

だが、そう考えていたのは結城とつき合う前までだ。

今の遥は結城と恋人としてつき合っているし、手も繋いで、キスもした。ただし、それらは手袋越し、ラップ越しで、結城と直接触れ合っているわけではない。

(僕の部屋に、結城君が来て……)

彼が床のラグの上に座り、カップでコーヒーを飲む。

テーブルに触れ、もしかしたらベッドにだって身体が当たってしまうかもしれない。それを、自分は耐えられるだろうか。結城に、手袋をして欲しいと言うことなどできないのだ。

「……いい、よ」

少しだけ間をおいて、遥は頷いた。

「本当に?」

言ってはみたものの、まさかOKが出るとは思わなかったのか、結城が驚いたように聞き返してくる。

「うん」

想像しても、実際にどうなるかはなってみなければわからない。やはり、玄関の中に招き入れた途端、駄目だと思うかもしれないし、今の感情のまま、結城だったら許せると思えるかもしれない。

それを、試してみたいと思った。きっと駄目だろうと、想像する前に諦めることがもったいないと感じたのだ。

「狭い、けど、どうぞ」

また少し、結城との距離を縮めることができるだろうか。そう考えることが嬉しかった。


結城が遊びに来るのは昼過ぎ。昼食は遥が作ることにした。

朝から部屋をピカピカに掃除して落ち着かない気持ちを紛《まぎ》らわしていたが、時間が刻一刻と近づくにつれ、抑え込んでいたはずの不安が頭をもたげてきた。

「……大丈夫かな」

自分の安心できる空間の中に、本当に結城を招き入れることができるのだろうか、考えれば考えるほど後悔もしてきて、そんな自分に自己嫌悪してしまう。

こんなことでは、結城は遠慮して帰ってしまうかもしれない。遥の感情の機微《きび》に敏《さと》い彼のことだ、時期尚早《しょうそう》と即座に判断しかねない。

「……大丈夫」

遥は何度も何度も深呼吸をして、声に出して自分自身に言い聞かせた。自分の抱えていた病気をここまで改善してくれた結城だ、きっとこの不安も消し去ってくれると信じた。

それから十五分後。

約束の時間にインターホンが鳴り、結城がやってきた。ドアを開ける前に最後の気合入れをして、遥は勢いよく開く。

「こんにちは」

「いらっしゃい」

「……」

結城はすぐに遥の顔を見て、次の瞬間に安心したように笑った。やはり、遥の顔色を見て今日のことを判断しようと思ったらしい。

「どうぞ、中に入って」

「ええ、ちょっと待ってください」

そう言った結城が玄関先で鞄から取り出したのは薄手のゴムの手袋だ。彼は素手の自分の手にそれをつけると、ようやくドアノブを掴んで部屋の中に入ってくる。

「結城君、それ……」

「この方が安心でしょう?」

確かに、手袋をつけてくれているだけで安心感が違う。力の入っていた肩から力《りき》みが消えたのも確かだった。

しかし、これでは違うのだ。遥は自分の手を見下ろした。自宅なので手袋は付けていないが、反対に結城は――。

「……それ、取って」

「え?　でも……」

「大丈夫」

いわば、これは荒療治だ。いつまで経っても手袋に頼っている自分は、生身の結城に触れることができない。寂しいという気持ちを満たすには、逃げ場をなくしてしまわなければならなかった。

結城は遥の顔と自分の手を交互に見ている。本当に大丈夫なのかと心配なのだろう、次に目が合った時、遥はもう一度強く頷いてみせた。

「……わかりました」

遥の固い決意を感じたのか、結城は付けたばかりの手袋を外すとポケットにしまい、もう一度「お邪魔します」と声を掛けてから部屋の中に入ってきた。

ワンルームなので、一目で部屋の中が見渡せる。結城はぶしつけにならない程度の興味を見せて一望した後、遥を見て笑った。

「嬉しいです、招待してもらえて。でも、俺が我儘を言ったからですけど」

「そんなことないよ、僕の方こそ切っ掛けがなかっただけだから。ほら、そこに座って、今お昼にするから」

下準備していたチャーハンを少々ぎこちない手つきで仕上げ、スープとサラダと共にテーブルの上に置いた。一連の自分の動きを結城が視線で追っているのはわかったが、あえて無視して自分もその前に腰を下ろす。

「どうぞ」

「いただきます」

カチャカチャと食器の鳴る音と、時折交わす言葉。なんだかここに結城がいることが不思議でしかたがなかった。

何度も確認するように視線を向けていると、結城がクスクス笑いながら訊ねてくる。

「なんだか、動物園の動物になったみたいですね」

「ご、ごめん」

食べにくかっただろうかと謝ると、結城はいいえとすぐに否定した。

「遥さんに見つめられるのは嬉しいですから。遠慮なくどんどん見てください」

「な、何言ってるの」

「本当のことだから」

気恥ずかしくて、チャーハンが喉に詰まりそうだ。スープで何とか流し込むと、とっくに食べ終わっていた結城が食器を持って立ち上がった。片づけをしてくれるつもりらしいが、今日はゆっくりしてほしい。

「結城君は座ってて」

動いている方が落ち着くという自分の勝手なのだ。

遥が言うと結城も強くは言ってこなくて、再びラグの上に腰を下ろす。それを見てから遥は洗いものを始めた。

「ワンルームでも、しっかりした造りですね」

話しかけてきた声に、遥はうんと答える。

「両親が心配性でね、防犯は特に気をつけたんだ。それに、防音もしっかりしているらしくて、隣の音なんか全然聞こえないんだよ」

音が響くのは覚悟していたので、拍子抜けしたくらいだ。引っ越した当初、しんと静まり返った部屋の中に一人でいて、寂しくて涙ぐんだことは内緒だ。

「……よし」

少ない洗いものを終え、遥はくるりと振り返る。その途端、こちらを見ていた結城と視線が合った。

「あ……っ」

あれからずっと、見られていたのだ。そう思った瞬間、背中がじわりと熱くなった気がする。

「遥さん」

結城は自分の隣をポンポンと叩き、遥を呼んだ。フラフラと近づいた遥は、一瞬躊躇った後、ほんの僅か結城から離れた場所に正座した。

触れ合っていないのに、もう隣り合った腕が熱い。

「……緊張してます？」

「う、うん」

「……手、触ってもいいですか？」

「僕、から」

遥は膝の上で握りしめていた手を見つめた。少し震えているが、大丈夫だ、ちゃんと動いた。そのまま、ゆっくり、本当にスローモーションのような動きで手を伸ばし、遥はそっと結城の手の甲に指先を触れる。

素手で結城の手に触れるのはこれが初めてだった。指先だけなのにもう熱くて、ちょっと怖くて引き戻したくなる。しかし、じっと動かないまま遥を見守ってくれている結城のことを思うと……我慢できた。

「どうですか？」

しばらくして、そう聞かれた。離さないままの指先を見つめながら、遥は思った言葉を口にする。

「怖くない」

「……」

「結城君は、怖くない」

幼い頃、自分を恐怖に陥れた男の手と、今の結城の手は同じくらいの大きさだった。それなのに、この手に触れていても吐き気はない。ドキドキ心臓の音は煩《うるさ》いが、それが恐怖とは別の感情だからとすでにわかっていた。

「俺の方から触ってもいいですか？」

答える代りに遥は指を離し、そのままの体勢で結城が手を伸ばすのを待つ。やがて、用心深く伸ばされた長い指先が自分のそれに触れ、ゆっくりと包みこむようにして握られた瞬間、遥は深い息を吐いた。

「遥さん？」

「なんだか……今なら、何でもできそう」

この一歩が、一番勇気がいったと思う。長い間自分の身体を覆っていた膜に針の先ほどの小さい穴を開け、そこから命一杯手を伸ばして穴を広げた——そんな気分だ。

「……じゃあ」

「……っ」

かぶさってきた結城の顔が視界いっぱいに広がって、次の瞬間には軽く唇に何かが触れたのがわかった。

（い、ま……）

「好きです、遥さん」

初めてのラップ越しではないキスは、それという自覚もないまま終わってしまった。感触も、熱さも、味も、わからない。なんだか……もったいない。

「も、一度」

「え？」

「もう一度……いい？」

思いきってねだると、次の瞬間には強く抱きしめられ、そのまま唇を奪われた。何度も軽く押しあてられる間に、自然と唇が綻《ほころ》んでいく。すると、するりと中に舌が侵入してきた。さすがに驚いてしまい、弾《はず》みに噛みそうになったが、結城はうまくその抵抗を避け、宥《なだ》めるように遥の舌に絡みついてきた。

「んぅっ、んーっ」

逃げようと必死で舌を動かすたびに、よけいに結城のそれにひっついて離れなくなる。流れ込まれる唾液も無意識に飲み込んでいて、結城の広い背中に両手でしがみ付いていた。

（く、くるし……っ）

息ができなくて、眩暈がする。気が遠くなりそうになって反射的に結城の背中を拳で叩くと、

「……ふっ」

ようやく、唇が離れた。

遥は、結城の肩に頬を寄せてもたれていた。さっきまで、指先が触れるのさえ恐る恐るだったのに、例えで言った荒療治が本当に効いてしまったようだ。

「すみません、がっついてしまって……」

大きな手が、優しく髪に触れた。心地よくて、先ほどの突然の深いキスを許してしまいそうになった。

（キス……）

そう、ちゃんとしたキスが、遥にもできた。一気に舌を絡めるというものにまで進んでしまったが、今改めて濡れた唇に触れても嫌悪感はない。

「遥さん」

なかなか返事をしないせいか、結城は遥が怒っていると思ったらしい。困ったように名前を呼び、宥めるように背中を撫でられる。

「本当に……急だったよ」

「すみません。でも、遥さんにキスができて嬉しいです」

「……うん」

勇気を出して、ちゃんと誘ってよかった。そう思えるほどに、今の遥の心は満足してい

る。ちゃんとキスができたことが嬉しかった。

「あ」

不意に上げた声に、結城が顔を覗き込んでくる。

「どうしました?」

「あ、うん、えっと……」

(キスだけじゃ……)

この瞬間まで、遥はキスがゴールのように思っていたが、確か堺はこう言っていたはずだ。

『どうして? つき合ってるんだろ、お前たち。まあ、男同士のセックスはハードルが高いだろうが、キスくらいなら女と変わんないんじゃないか?』

ハードルは高いが、男同士でもセックスはできるということだ。

しかし、いったい、どうするのだろうか。たった今キスを経験したばかりでは早すぎるだろうが、そう考えだすと気になってしかたがなくなった。もちろん、そういった行為を結城が望んでいるかどうかもわからないが、もしも、もしも——。

「身体を求められたらどうしようって？」

「こ、声が大きいですっ」

「いいんだよ、俺、やさぐれちゃってるんだからさ。ったく、成長するのはいいが、早すぎなんだよ」

そう言った堺は、手に持っていた缶コーヒーを一口呷《あお》った。呆れられたように感じた遥は、堺の隣で身体を小さくする。

確かに、こんなことを堺に、いや、第三者に言うべきではないとわかっている。自分で考えて、それでもわからない時は、相手である結城に訊ねるのが正解だ。

ただ、遥の知識は真っさらで、基準がないので考えること自体に限界がある。

（学校の授業じゃ、女の子相手の話しかなかったし……）

まさか、自分が男を恋愛対象に考えるとは思ってもみなかったが、今の段階でそんなことは逃げの言葉でしかない。

「……お前さ、ダチとエロ話、したことないだろ？」

「……はい。みんな、僕に気を使ってくれて……」

事件以降、どうしても性的なことを怖がる遥に対し、数少ない友人たちはわざとそういう類《たぐ》いの話を避けてくれた。

漫画やテレビはほとんど見ることなく、ネットも自分の興味があるものしか目を通さなかった。唯一、雑食と言えるほどに本は読んでいたが、それでもそういうシーンがあるものはあえて避け、偶然出てきたら読み飛ばしていたくらいだ。

「変、ですよね」

「別に」

落ち込む遥に、堺はすぐに否定してくれる。

「人それぞれだしな」

「堺さん……」

「それに、今お前は彼氏のことで一生懸命考えてるじゃないか。少し遅い思春期がやって来たってとこか」

いや、第二次成長期だなと言われても、何と返していいのかわからない。

「とにかく、頭で考えるな。本能のまま動けば、何とか道は開けるって」

「本能のまま、ですか」

「よく考えてみろ。俺が生々しい話をすれば、絶対周りからセクハラだなんだのって責められる。ここの職員の中じゃ、俺よりお前の方が人気あるんだよ」

「そんなことっ」

「あるの」

そう言った堺は、チラッと時計を見上げる。つられて遥も視線を向けたが、休憩時間にはまだもう少しあるようだ。

すると、

「白石」

不意に立ち上がった、堺が遥の目の前に立つ。長身の堺を見上げるのは大変で、遥はぐっと顎を上げた。

「なんですか？」

「試しに、求めてやろうか？」

「え？」

手が、伸ばされてくる。

「お前のカラダ」

「遥さんっ」

遥が後ろに飛び退くのと、休憩室のドアが勢いよく開いたのはほぼ同時だった。

「ゆ、結城君？」

あまりにタイミングが良い結城の出現に戸惑っていると、遥の前に立ちふさがった彼が堺を見据《みす》えた。以前にも同じような場面があったと漠然と考えていた遥の耳に、威嚇《いかく》を込めた結城の声が聞こえる。

「あなたがセクハラしてたんですか、堺さん」

底冷えしそうな低い結城の言葉にもまったく態度を変えることなく、堺は再び椅子に腰かけながら嘯いた。

「セクハラを受けてたのはこっちだってーの」

「……」

「恋人同士の性事情を聞かされる身になってみ」

「性事情って……」

振り向いた結城の驚きを含んだ視線に晒《さら》され、遥は居たたまれない思いで目を伏せる。自分が切り出した話とは言え、当事者である結城に聞かれてしまえば元も子もない。いや、今の時点で結城に言えなくて堺に相談した意味がまったくなくなってしまった。

「結城君、どうして……」

ここに訪ねてくるというメールはなかった。偶然時間が空いたのかと、なんとか話題を変えるように訊ねると、彼は少しだけ表情を和《やわ》らげて事情を説明してくれた。

「メールがあったんです。セクハラ中って」

「え？」

「……ですよね、堺さん」

「堺さん？　え？　結城君、堺さんとメール交換してるの？」

「不可抗力でアドレス交換されました」

「嘘つけ。仕事中のこいつの様子を知りたいって言いだしたの、お前の方だろ」

ポンポンと、まるで親しい友人同士のように会話を続ける結城と堺。てっきり互いに苦手意識があると思っていたが、理由はどうあれ連絡を取り合うほどには仲良くなったらしい。

恋人と、職場の先輩。大切な二人が仲が良いのは嬉しくて、遥は驚きから一転にここにこと頬を緩めて結城の服を引っ張った。

「仲がいいんだね。今度三人で遊びに行く？」

「……考えておきます」

微妙な言い回しながら肯定してくれた結城に満足していた遥は、なぜ堺が結城をこの場に呼びだしたかまでは頭が回らなかった。

「で、恋人の性事情ってなんのことですか？」

終業時間を迎え、いつものように結城に送ってもらっていた遥は、唐突に切り出された言葉に思わずポカンと口をあけて端正な顔を見上げてしまった。

「休憩時間、堺さんと話していたんでしょう？」

「あっ……それ、あの」

休憩の後、新しく入荷してきた本の整理に追われてしまい、遥はすっかりその時のことを忘れてしまっていた。しかし、結城はしっかりと覚えていたらしい。そう言われた遥もすぐに状況を思い出し、妙にそわそわと落ち着かなくなる。

「堺さんに言えて俺に言えないことなんて……ないですよね？」

断定されたら、ますますごまかしようがなくなってしまう。遥は何度も結城の顔と自身の足元の間で視線を彷徨わせた。

なかなか切り出さない遥のことをどう思ったのか、ふと、結城が視線を逸らす。

「俺が頼りないから、堺さんに相談したんですか？」

「ち、違うっ」

自分でも駄目だなと思うほど、遥は結城を頼りにして、信頼している。堺に話してしまったのは、恥ずかしいという自分の気持ちを優先してしまっただけだ。

そんな気持ちで、結城に嫌な思いなどさせたくない。

「あ、あの、僕の家に来てもらえる？」

ただし、公道で話すことではないので、遥は思い切って結城を自宅へと誘った。

「じゃあ、話してください」

遥は何時も以上に早く帰りついたと思ったが、結城にとっては長い時間だったらしい。玄関の鍵を開けた途端に背中を押され、遥はそのままベッドに腰掛けさせられた。

結城はというと、遥の前の床に直に座り、少し上目づかいの視線は逸らさないままだ。

話すと決めたことをこれ以上延ばすことはできなくて、遥は小さな声で、途切れ途切れに自分が不安に思っていることを口にした。

「遥さん……」

最後まで口を挟まずに聞いていてくれていた結城はしばらく黙っていたが、やがて苦笑交じりの声で名前を呼ぶと、そのまま遥を抱きしめてくれた。

慣れたとはいえ、どうしても始めは強張ってしまう身体だが、すぐに結城の優しい腕に安心して力を抜く。遥が身体を預けたのがわかると、そっと髪を撫でられた。

「本当に、それを堺さんに言ったとしたらセクハラですね」

「ご、ごめん」

後悔して謝ると、宥めるようにポンポンと背中を叩かれる。

「俺たちのことなんですよ？　遥さんが不安に思うことは何でも俺に話してください。二人でなら、きっと解決できることばかりですから」

「う……ん」

しかし、それだったら結城は遥のことばかりに振り回されはしないだろうか。どう考えても、年上のくせに世間知らずな遥は、恋愛に関しても知らないことが多すぎる。ぎこちない返事に、敏い結城は遥の躊躇いを感じ取ったらしい。それならと、ちゃんと遥が納得する提案をしてくれた。

「俺も、ちゃんと遥さんに自分の思っていることを伝えます。遥さんに甘えます。それで、あいこでしょう？」

自分も遥に寄りかからせてもらうと言われ、遥はようやく頷くことができた。これもきっと、結城は遥を宥めるために口にしたことだと思う。それでも、その場限りで口にしたことだ、今度から自分も結城を甘やかせると遥は強く決意した。

「じゃあ、今度から堺さんじゃなく、俺に話してくださいね」

「うん、約束する」

繰り返して言った遥は、ようやく安心した途端に肌寒さを覚えた。

「……あ、コーヒーも出さないでごめんね、今用意するから」

本当なら夕食をご馳走《ちそう》したいくらいだが、あいにく冷蔵庫の中の在庫は乏《とぼ》しい。せめてコーヒーくらいは飲んで温まって欲しいと立ち上がった遥は、不意に腕を掴まれて引きとめられた。

「結城君?」

どうしたのだろうと振り向けば、結城は悪戯っぽい笑みを浮かべている。

「今、俺が思っていること、言ってもいいですか?」

「う、うん、いいよ?」

お腹が空いたのだろうか。気軽に頷いた遥は、その直後に猛烈に後悔することになった。

七歩め　ギリギリの挑戦

風呂から上がった遥は、パジャマの裾《すそ》を無理に引っ張りながら脱衣所のドアを僅かに開けた。

部屋の中心に置いてあるローテーブルの前、ラグの上に結城は胡坐《あぐら》をかいて座っている。最初に部屋の中に入った時は緊張した様子だったが、こうして見る限りは寛いでいるようだ。……いや、もしかしたら楽しんでいるのかもしれない。

「どうしよう……」

ついさっき、何でも話し合おうと決めた。だからこそ、結城は今自分が思っていることを教えてくれた。だが、まさかそれが、自慰のことなんて思ってもみなかった。

『遥さんは自慰をしたことがないんですよね？　俺が教えてあげたいんですけど』

セックスのことで悩んでいたと告白した時に、勢いに任せて自身の乏しい知識を吐露《とろ》してしまった。その時は特にリアクションしなかったと思ったのに、まさか自宅で言われるとは。

図書館なら、こんな場所でできないと反論できた。

もちろん、路上でも同じことだ。

でも、自宅だったら……自分のプライベートエリアなら、嫌だという大きな理由がなくなってしまう。

躊躇っていると、小さなくしゃみが出てしまった。それで、風呂から出たことに気づいた結城が、立ち上がってこちらへと向かってくる。

「風邪をひきますよ。こっちに出てください」

「……」

きゅっと唇を引き締め、固い決意とは裏腹におずおずと脱衣所から出た遥は、自分の部屋だというのに妙に居心地が悪く感じながら部屋の中へと戻った。

「可愛いパジャマですね」

「普通だよ」

冬だから温かい色が良いだろうと、コートと共に送られて来たクリーム色のパジャマは、特にこれと変わったものではない。緊張している遥の気持ちを和《なご》ませてくれようとしているとは気づかないまま、どうしたらいいのかと戸惑う視線を結城に向けた。

「やっぱり、止めておきますか？」

強引にここまで話を持ってきたくせに、直前になってこんなことを言われればさらに悩む。

「色々急にしても、遥さんの気持ちが追いついてこないかもしれないし」

うんと、頷きたかった。やっぱり怖いからと、このまま何もしないという選択を選びたかった。

だが、一方ではこの勢いがなければ、こんなにも大胆な行動がとれないだろうということもわかっていた。今日を逃したとしたら、結城は自分に対して少し遠慮をするようになるかもしれないし、自分の勇気はさらに萎むだろう。そうなると、恋人同士の際《きわ》どい触れ合いなど、いつになってしまうか見当もつかない。

（変なことじゃ、ないし）

頑張ると決めたのだ。恋人同士が何をするのか、教えてくれるのは結城しかいない。酷いことなどしないと信じられる相手に、すべてを任せてみようと思った。

「……止めない」

「大丈夫？」

声を出すと緊張のために裏返ってしまいそうなので、遥は強く頷くことで同意を示した。

無理をしていないか、怖がっていないか。探るように遥の表情を見ていた結城も納得してくれたのか、「ベッドの上に座ってください」と言う。

ぎこちない動きでベッドに足を上げた遥は、そのまま正座をして結城を見上げた。

「パジャマの下、下ろしてください」

「こ、ここで？」

「ペニスを触らないといけないですからね。下着もずらしてもらわないと」

「ペ……ッ」

結城の口から性器の名称が出てくると生々しくて、遥は完全に固まってしまう。

（ほ、方法だけ、教えてもらうって……できるのかな）

自分の身体を他人に見せるのは、猛烈な羞恥と強い恐怖感を覚えた。自慰というのが性器を刺激する行為だというのはなんとなくわかっているので、そのやり方だけ教えてもらうというのもありじゃないかと、縋《すが》るような思いで考える。

「あの、結城君」

「……大丈夫、ちゃんと教えてあげますから」

遥自身が最初の逃げ道を自ら退けた段階で、結城も引くつもりはなくなったようだ。自身が招いたことなので、これ以上遥も後ろ向きなことも言いたくない。

「……」

ここには、結城しかいない。他の誰でもない、好きな相手に身体を見られるのなら……恥ずかしくない。

遥は、正座をした足を少しだけ崩す。チラッと結城を見て、彼の表情に変化がないのを確認してから、今度はパジャマのズボンに指を掛けた。

そこまできて、遥は軽く頭を振る。こんなふうに、恐る恐る動くから恥ずかしいのだ。風呂に入るんだと思えばいいと意を決し、遥は下着ごとパジャマを膝下まで一気にずり下ろした。

「……あと、どうするの？」

俯いた視界の中に、膝をすり合わせた腿の間からペニスが見えている。あまり出掛けないので肌は生白いし、そのせいで成長が鈍《にぶ》いのか、恥毛《ちもう》も申し訳ないほどしか生《は》えていない。

人の性器をまじまじと見たことがないので自分のものが普通なのかどうかもわからないが、子供の頃からあまり形の変わらないそれは、きっと小さい方だろうと思っていた。

「……っ」

不意に、ギシッと音を立てながらベッドの端に結城が腰を下ろす。反射的に膝を合わせたので見られてはないだろうが、結城の視線がどこに向けられているのか、考えるだけで頭がくらくらしてしまいそうだった。

「両手で、触ってみて」

「りょ、両手で？」

「形を確かめるように、そっと手を動かしてみてください」

膝を合わせているので、上から手は入らない。しかし、その下から手を入れるというのは難しい体勢だ。しかたなく、遥は膝を開き、そっと手を入れた。

トイレや、風呂など、無意識のうちに触れるのとは違い、明るい部屋の中、ベッドの上で触れるペニスは、驚くことに初めてわかるほど芯を持っていた。

「……硬い」

呆然と呟くと、いつのまにか身を乗り出していた結城が耳元で囁いた。

「感じている証拠ですよ」

「感じて……」

「ほら、擦《こす》ってみて」

耳をくすぐる甘い声には官能の色が濃く、遥は熱に浮かされたように言われたとおりペニスを擦る。技巧《ぎこう》などなにもない、ただ指先を滑らせるだけで、怖いほど急激にペニスははっきりと頭をもたげてきた。

「ん……っ、ふっ」

引き結んでいたはずの口から、自分が出しているとはとても思えない高い声が漏れ始める。

（こ、わいっ）

身体が熱くなって、ふわふわと意識が混濁《こんだく》する。変わる自分が怖くてたまらないのに、手は一向に止まる気配はなく、さらに動きを激しくしていた。

「カリの部分を、指先で擦って」

カリ、とは、どこだろう。考えている間に、指先がペニスの先を掠《かす》った。その途端、ピリピリとした刺激が背中を走り、遥は感じたことのない刺激に涙が浮かんだ。

こんなのは初めてで、どうしたらいいのかわからない。助けてくれるのは唯一、側にいる結城だけだった。

「ゆ、き……くっ」

半泣きの声で名前を呼ぶと、そっと頬を片手で包まれる。今の状況で、素手がどうこう言っていられない。とにかくどうにかして欲しくてその手に自分から頬を押しつけると、妙に嬉しそうな声で結城は言った。

「……俺が触れてもいいんですか？」

「だ……めっ」

「じゃあ、自分で気持ち良いところを探してみて」

「で、できな……、よっ」

こんな場所を結城には触れられたくない。触られたらきっと、恥ずかしくて気が遠くなってしまう。だが、自分ではどう手を動かしていいのかわからなくて、もどかしい熱がせき止められているように感じ、遥はとうとう両手でギュッとペニスを握りこんでしまった。

「遥さん、それじゃ終わりませんよ」

「ひゃぁっ？」

いきなり、大きな手が自分の手に重なってくる。必然的にペニスにもそれが触れてしまい、文字通り遥は衝撃に飛び上がった。

「ゆ、結城、くっ、は、離し……っ」

「俺に合わせて」

遥の声が聞こえていないはずがないのに、結城は手を離してはくれない。それどころか、遥の手で隠れていないペニスの先端へと指先を滑らせると、爪先で軽く引っ掻くように刺激してきた。

「んぁっ！」

（な、なにっ？）

その瞬間、溜まっていた熱があっという間に放出され、遥は自身の手と結城の手を吐きだした精液で白く汚してしまった。

「はぁ、はぁ、はぁ」

（これ、が……）

寝ている間に吐き出していた夢精とは違い、明らかに自分の意思で射精した。それは想像以上に気持ち良く、そして――恥ずかしいものだった。

すっかり身体から力が抜けてしまった遥はそのまま仰向けにベッドに倒れ伏し、片腕で目元を隠す。きっと、今の自分はすごく変な顔をしている。本当はうつ伏せになって、顔も下半身も隠してしまいたかったが、今はそんな体力も残っていなかった。

「洗面所、借りますね」

そんな遥を宥めるように頭を一撫《ひとな》でし、結城がベッドから立ち上がる。いったい何をしようとするのか、耳だけで気配を追っていると、間もなく水が流れる音が聞こえてきた。

やがて、再び近づいてくる気配がする。

「触れるけど、綺麗にするだけですから」

「……っ」

驚かせないようにするためか、一声かけられたかと思うと、足に温かく濡れたものが押し当てられた。反射的に身体を震わせて下肢《かし》を見た遥は、結城がタオルで自分が汚したものを拭《ぬぐ》ってくれているのを見る。

「い、いいよ……っ」

自分の吐きだしたものを結城に始末させるわけにはいかないと焦るが、彼は「やらせてください」と、手を動かしながら言った。

「俺がしたいんです」

「結城君……」

「遥さんが気持ち良くなってくれてよかった」

本当に安堵したような声。その時になってようやく、結城が遥の抱えているトラウマのことを気にしていたのだと気づいた。

(急ぎ過ぎって……言いたかったのに……)

男に悪戯をされ、それ以来潔癖症になった遥。それからずっと他人との生身の接触を避けていたのに、こんなに急激なスキンシップを許ることになってしまい、そのせいでようやく和らいできた病気が悪化しないかと危惧してくれたのだ。

こんなにも愛おしいという気持ちを含んだ目で見つめられて、恐怖を感じるわけがない。経験したことのない快楽を与えられ、展開が早すぎると文句を言うこともできない。

「今日はここまでにしましょう。この後は、またゆっくり教えてあげますから」

まだいいからと打ち消そうとしたものの、その言葉を聞いた自分の胸がどこか期待で震えたような気がして、遥は強くシーツを握りしめた。


昨夜のことは、多分セックスとは言えないほどの接触だったと思う。あくまでも自慰を教えてくれると言ってされたことだ。

帰る結城は、ずいぶん遥のことを心配していた。急ぎ過ぎてしまったかもしれないと、我慢が効かなかった自身を反省していた。

だが、あれは結城のせいばかりではない。多少流されたかもしれないが、遥も確かに望んだ結果だ。それでも、一人で乱れてしまった自分を振り返り、翌日どんな顔をして結城に会っていいのかわからなかった。

しかし――――。

「おはようございます、遥さん」

いつものバス停に下り立った結城は普段と変わらず、身構えていた遥は拍子抜けしてしまったほどだ。

「遥さん？」

すぐに返事を返さなかったせいか、反対に心配そうに覗きこまれてしまい、顔が熱くなる思いをしながらもなんとか小さく応えを返す。

「お、はよ」

（あ、あれぐらいで動揺する方がおかしいのかな）

遥にとっては衝撃的な経験でも、自慰は普通の男ならだれでもすることだ。そのやり方を教えてもらったのが恋人だというのは滅多にないだろうが、気にするそぶりを見せてしまったら結城が責任を重く感じてしまうかもしれない。

「遥さん」

「えっ？　な、なに？」

急に名前を呼ばれ、少しだけ声が裏返る。

「……身体、きつくないですか？」

まさか、そんなことを聞かれるとは思わず、遥は思わず息をのんだ。

「多分、すごく戸惑っていると思いますけど……」

「あ、あの」

「それに、怒っています？」

「お、怒ってないよっ」

ただ、びっくりして、恥ずかしくて。みっともなかっただろう自分を見た結城がどう思ったのか、不安でしかたがないだけだ。

すると、頭上で大きく息をつく気配がした。少しだけ目線を上げてみると、結城が明らかに安堵した様子で笑っている。

「よかった。嫌われていたらどうしようかと思いました」

「……嫌いになんて、ならないよ？　ただ、びっくりして……僕は、あんなこと、初めてだったから……」

この歳で自慢できることではないが、結城にはきちんと今の自分の気持ちを伝えたかった。

「もう少し、ゆっくりしてくれると……嬉しい」

「わかりました」

「……本当に？」

「ええ。でも、少しずつ慣れてくださいね。遥さんの色っぽい顔を見てしまったら、あまり我慢もできないみたいです」

「結城君っ」

こんなところで何を言うんだと焦るが、幸《さいわ》いに周りに人はいない。良かったとホッとした遥の様子を目を細めて見ていた結城が、

「遥さん」

名前を呼んで、手を差し出してきた。

昨日、自分のペニスに触れた手だ。そう考えると、なかなかそれに触れることができない。それでも、辛抱《しんぼう》強く待ってくれる結城の眼差しが不安げな色を湛《たた》えているのに気づいてしまえば、手を伸ばさないという選択はなくなった。

おずおずと伸ばした手を、結城はしっかりと握りしめる。

(僕が、慣れないと)

手袋越しに伝わる結城の手の温かさに、遥は密《ひそ》かに決意した。

結城と親密になっていく過程で、遥は他の人にも同じように触れることができるだろうかと考え始めた。

恋人である結城にするようにキスなどはしないし、ごく普通のコミュニケーションならば取れそうな気がした。

しかし、図書館でパソコンに向かっている堺の肩を叩こうと手を伸ばした途端、全身に寒気がして思わず後ずさってしまった。

「白石？」

どうやら、潔癖症が和らいだ相手は結城限定らしい。荒療治が効いたのかと複雑な思いはしたが、心のどこかで納得する自分もいる。やはり、結城は特別な人なのだ。

「な、なんでもありません」

これほど親しくしてくれている堺と距離があるままなのは寂しいが、誰でもいいわけではないということには返って安堵した。

「僕も、まだまだだよね」

帰り道、結城にそう話しかけた遥は、返ってこない返事に隣に視線を向けた。

「結城君？」

遥といる時はいつも優しい表情でいる結城が、なぜか今は少し不機嫌そうだ。ついさっきまでは普通に会話をしていたのにと思っていると、ようやく結城が口を開いた。

「無理にそんなことを確かめなくてもいいんじゃないですか？」

「でも、病気が少しは良くなったかどうか、気になってしかたないし」

そう言うと、結城は再び黙り込む。

「どうしたの？」

「……妬《や》いているんです」

「え？」

「遥さんが、堺さんを構うから」

「ええっ？」

まさか、そんなふうに思われるとは考えてもみなくて、遥は声を上げて驚いてしまった。

堺との関係は結城にもちゃんと話しているし、特別な感情がないことはわかっているはずだ。それなのに、肩に触れるかどうかという些細なことで妬くなんて――。

（うわっ）

顔が熱くて、遥は慌てて頬を押さえた。こんなにも寒い夜なのに、身体はまるで温泉にでも浸かっているように温かい。

妬かれるというのがこんなにも幸せだと思えるなんて、今、初めて知った。

「……結城君」

遥は繋いだ手に力を込める。

「あ、あの」

「……」

「あのっ……練習、手伝って」

「え?」

「その、自分でするの、まだ、慣れないしっ」

(僕っ、何言ってるんだろうっ)

昨夜のことは遥の中では許容量をはるかにオーバーしていて、恥ずかしくて恥ずかしくてたまらない行為だった。

それなのに、思わず口をついて出てしまった言葉は、信じられないほどあからさまな誘い文句だ。自分にとって結城がどれほど特別な存在かを伝えたかったはずなのに、これではエッチな奴だと呆れられてしまうかもしれない。

「喜んで」

しかし、驚いた顔になったのは一瞬で、結城はすぐに力強く肯定を返してくれる。あまりにも嬉しそうなそれに、遥は取り消しだと言いたくなるのを必死で我慢した。

それから、結城は帰宅する時に毎日遥のマンションに寄るようになった。バスに乗られる距離が少しずつではあるが伸びているので、一緒にいられる時間もずいぶんと増えた。

だからといって、毎日エッチなことをしているわけではない。確かに、身体に触れる頻度《ひんど》は多いが、遥は結城に触れることができるのが嬉しかったし、あれ以来結城も遥のペースに合わせて早急に事を進めたりはしなかった。

「遥さん」

部屋の中に二人きり。今では結城の声の調子で、彼が自分に何を望んでいるかも感じ取れるようになった。

今の声は、遥の好きな甘えた声だ。キスをして欲しい時の声音に、遥は恥ずかしさを押し殺して軽く唇にキスをした。

「んぅっ」

しかし、すぐに離れようとした身体はしっかりと拘束され、重なった唇の隙間からは舌が入り込んでくる。ようやく息継ぎができるようになったが、まだ自分から舌を絡めることはできない。

奥に縮こまってしまう遥の舌を、結城は何度も自身のそれで絡め取り、強く吸ってきた。背中がゾクゾクするが、これは怖いからではない。

「……ふ」

キスに満足した結城が唇を解放してくれると、遥はくったりとその胸に顔を埋める。遥の好きな、結城の香りを吸って気持ちを落ちつけた。

「遥さん」

「……なに？」

体勢を変えないまま訊ねると、そっと腕を掴まれて身体を離され、真正面から結城と視線が合う。

「今日は、もう少し進んでもいいですか？」

それが、何を指すかわからないとは言わない。遥は動揺をひた隠し、なんとか頷いた。

「……少し、だけだよ」

結城に教えてもらった自慰は、なんとか自分の手でできるようになっていた。多少ぎこちなさは残っているものの、見てくれる結城はうまくなったと褒めてくれた。

そうなると、遥の中にも好奇心と欲が湧いてくる。

「何するの？」

「お互いのを、気持ち良くさせてみませんか？」

「お互いのって……僕が結城君のを触るの？」

今まで遥は結城の前で下半身を露出したが、それは教えてもらう立場でのことで、思い返したら結城はいっさい服を乱さなかった。不公平などとは思わず、それが普通だと頭の中にインプットされていた遥は、結城も自分と同じような格好をするのかと思った瞬間、どうしようかとうろたえてしまう。

長身で、遥よりもしっかりとした身体つきの結城。その裸身など、今まで想像もしていなかったというのに、いきなり目の前に晒《さら》し出されても……困る。

「怖いですか？」

遥の沈黙をそちらに取った結城の言葉に、即座に首を横に振ったのは無意識だ。

「じゃあ……やりたくない？」

それも、違う。

どちらかと言えば、自信がないと言った方がいいかもしれない。

遥の身体は、今は結城が触れるだけで体温が上がり、落ち着かなくなって、実際にペニスに触れられると堪える間もなく気持ち良くなってしまう。

しかし、技巧などない自分は、結城を満足させることは到底できない。

「遥さん」

遥は目を閉じ、しばらく葛藤《かっとう》した。こんなことを口に出すだけで恥ずかしいし、優しい結城は遥の気持ちを聞けば要求を引っ込めてしまうかもしれない。

それは、嫌だった。

お互い気持ち良くなりたいという思いは日々膨らんでいたし、なにより、遥は好きな人に触れられるという恋人としての特権を手放したくなかった。

「あ、あのね」

思ったことは、口に出して相手に伝える。それが、自分がどんなに恥ずかしいと思うことでも、二人のすれ違いの原因になりそうなことだったら……そう決めたはずだ。

「あの、僕……きっと、上手くできないと思う」

なんとか、それだけ伝えると、すぐさま結城の長い腕の中に閉じ込められた。

「……可愛い、遥さん」

「え?」

「俺のことを考えてくれたんですね。嬉しいです」

「だ、だって……」

「大丈夫です。俺たちは今、勉強している最中でしょう？　どうやったら二人とも気持ちが良くなるかは、今から二人で考えましょう。まあ、俺は、きっと遥さんに触れてもらうだけで最高に感じると思いますけど」

最後の言葉を悪戯っぽく笑いながら言われ、遥もつられて笑ってしまった。

そうだ、何もかも初めての自分は、結城に教えてもらうと同時に自分でも考えなければならない。

怖がっているばかりでは、あの長い通勤を徒歩で通っていたように、結城との関係も遅々《ちち》として進まなくなるはずだ。

唯一、躊躇いなく触れることができる相手。それが、大好きな相手なのだ。

（……頑張ろう）

遥はそっと結城の背中に手を回し、コクンと頷いた。


「目を閉じていたら何も見えませんよ？」

「で、でもっ」

（ぼ、僕のと、全然違うしっ）

遥はつい数十分前に強く誓ったやる気が、音をたてて崩れそうになっていくのがわかった。それもしかたがない。実際に目にした結城の……アレは、凄《すご》いのだ。

代わりばんこにシャワーを浴《あ》び、遥はいつものようにパジャマの上と下着だけをつけた状態でベッドで結城が現れるのを待っていた。

風呂場から出てきた結城は上半身裸で、下はジーンズを穿《は》いている。初めて見た結城の上半身はとても綺麗に筋肉がついていて、遥は恥ずかしさを通り越し、羨望《せんぼう》の眼差しでじっと見つめていた。

「なんか、照れますね」

そう言いながらも結城はゆったりとした足取りでベッドの側までやってくると、そのまま身を屈めて軽くキスをしてくれる。じゃれ合うようなそれにくすぐったい気持ちになって首を竦めると、ギシッと音を立てながら結城もベッドに腰を下ろした。

大きな手が髪を撫でてくれ、そのまま「脱がしますよ」と告げられてから、遥の下肢から下着を取り去られた。

すでに結城の手を知っている遥のペニスは僅かに勃《た》ち上がっている。俯いた視界の中にそれを映した途端、ぱっと両手でそこを隠してしまった。

「駄目ですよ、隠さないで」

「ぼ、僕だけ、恥ずかしいから……っ」

「じゃあ、俺も脱ぎますから。これで、お互い恥ずかしいでしょう」

目の前の結城がジーンズのボタンを外し、ファスナーを下ろす。黒のボクサータイプの下着が見えたと思うと、それを僅かにずらして、結城は自身のペニスを取り出した。

「！」

それは、遥が想像していたものとはまるで違った形状をしていた。

（う……そ）

人に触れられるのが怖くなって以降、遥は父親と風呂に入らなくなった。

小中高と、修学旅行に行くこともなく、友人たちと旅行もしたことがなくて、そのうえ人目を避けてトイレに行く遥にとって、結城のそれが初めて見ると言ってもいい大人の、ペニスだった。

勃っていないはずなのに、それだけで遥のものの倍近くはあるように見える。先端もカリが張って大きく、竿《さお》も太くて、色など赤黒いのだ。

「目を閉じていたら何も見えませんよ？」

わかっているが、とても直視できない。怖くないと思っていたはずなのに、それが自分と同じ器官だとはとても思えなくて、勢い込んだ気持ちが萎《な》えてしまいそうだ。

「……遥さん」

頑《かたく》なに目を閉じている遥の耳に、困ったような結城の声が届く。自分の態度が結城を傷つけるかもしれないと、遥は焦ってグルグルと考えた。

どうすれば、アレを触れるだろうか。結城を気持ち良くするには触れなければならないが、とても直に触る勇気は今はない。

「あっ」

遥はハッとベッドから下りると、急いで台所に向かった。そして、目当てのものを掴むと、戸惑ったように自分を見ている結城にそれを突き出す。

「ご、ごめんねっ、結城君のそれっ、僕のと全然違うから怖くてっ。最初だけっ、最初だけでいいから、これをつけていいっ？」

「これって……ラップを、ですか？」

「う、うん」

直に触るのは無理だが、初めてキスをした時にラップを使ったように、一枚薄い膜をつければ恐怖心もかなり薄まるはずだ。

「……」

結城はすぐに返事をくれなかった。さすがに、ペニスにラップを巻いて触れるなんて考えてもいなかっただろう。

直に触れられない、汚いものだと言っているのも同然で、遥は名案だと思っていたはずの行為が結城を侮辱しているものだと気づき、すぐに頭を下げた。

「ご、ごめんなさいっ、僕っ」

結城は躊躇いなく遥のペニスに触れてくれたのに、自分はそれをできないなんてどれだけ我儘なのだろうか。結城が怒ってもしかたがないと覚悟をしたが、立ちつくす遥の腕が優しく掴まれた。

「謝らないでください」

「結城く……」

「自分のものがどうか、あまり気にしたこともなかったんですが、遥さんが他人のものを見るのは初めてだともう少し考えるべきでしたね。それ、いいアイデアです。俺は構いませんよ」

遥の手からラップを取り、結城はそれを適度な長さに切る。

「遥さんに触れてもらいたいから……薄い膜越しでも、嬉しいです」

自身のペニスにラップを巻いた結城が、笑いながらそう言ってくれた。嫌なはずなのに、

いつでも遥の気持ちを優先してくれる結城の優しさが嬉しくて、胸が苦しい。

遥は、今度こそ躊躇いなく手を伸ばした。ラップの感触越しに、ペニスがドクンと脈打つのがわかる。

(ちゃんと、気持ち良くしたい)

遥は、そっと手を動かしてみた。たちまち、手の中のものが硬くなる。

どう手を動かせばいいのか、探りながらしているのでどうしても動きは緩慢《かんまん》で、ぎこちなくなる。それでも、結城は、

「すごく、気持ちいい」

そう言って、本当に快感を耐えるように眉間に皺を寄せた。

「ほ、ほんと？」

ただ、竿の部分を擦っているだけで、自分でも大丈夫なんだろうかという動きに対し、そんな反応が返ってくるだけでも嬉しくなった。

(ちゃんと、触ってあげたら……)

直に触れたら、結城はもっと気持ちが良いだろうか。

「……あっ」

その時、結城の手が遥のペニスに伸びてきた。結城を感じさせることに夢中で無防備に

なっていたそこはやすやすと捉えられ、今までに知られてしまった快感のポイントを巧《たく》みにつかれていく。

「ひゃぁっ、はぅっ、んぅっ」

手がふさがっているので、声を抑えることができない。自身の声にも煽られ、遥の身体はたちまち快楽の頂点へと向かう。

「一緒に……っ」

「んっ」

耳元で囁かれた瞬間、遥は腰を震わせて結城の手の中に精を吐きだしていた。そのすぐ後に艶っぽい噛み殺した声と共に、遥の手もとがじんわりと温かくなる。

「あ……」

ラップを巻いていたせいで、遥の手は汚れない。しかし、それがとても寂しく思えた。

「一緒でしたね」

「……ん」

（でも、このままじゃ……）

白く汚れてしまったラップを見下ろしながら、遥は漠然と考えていた。

八歩め　ギュウギュウ重なる身体

お互いがお互いを愛撫することを覚えた遥だったが、少しだけ不満があった。最初に怖がっている姿を見せてしまったせいか、結城がなかなか直接ペニスに触れさせてくれないからだ。

もちろん、ラップ越しだったら触れられる。反対に、あの脈動を直に手のひらで感じた時、自分がどうなってしまうのか想像もつかない。

しかし、結城は遥の身体を直に、どんな場所も厭《いと》わずに触れてくれるのに、自分だけが逃げているようなのは嫌だ。

「……はぁ」

今日も、いつもと同じ薄い膜越しの触れ合いになってしまうのだろうか。それを、どう言って止めてもらったらいいのか、切っ掛けが思いつかなかった。

「二十五回目」

「……え？」

「溜め息の数。もう数えるのも面倒だから、その原因を吐きだしてみろ」

カウンターの中、先ほどまで黙って書類を見ていたはずの堺が顔を上げていた。

「……そんなに、溜め息出ていました？」

「自分じゃわからないいんじゃないか？」

そうなのかもしれない。経験値がゼロな遥には、想像するにしても限度があった。

だから、なのか、遥は目の前の堺をじっと見る。結城は二人のことは二人で解決しようと言ってくれたが、こればかりはさすがに結城に直接聞けなかった。

「堺さん、男同士のセックスって、どちらが主導権を握ればいいんですか？」

「……は？」

恥ずかしいことを聞いているなんて、今の遥には自覚がない。今は、とにかく結城に対して自分が何をできるのか、それを考えるだけでいっぱいいっぱいなのだ。

「……もうそんなところまで……」

なぜか、堺はショックを受けている様子だったが、遥の顔を見るとしかたがないというような大きな溜め息をつく。そして、ちょんっと、軽く頭に触れてきた。

「……震えないな」

「は、はい、これくらいだったら……」

親密な触れ合いは結城以外無理だが、親しい相手ならば少しの接触は受け入れられるようになっていた。

「それ、あいつのおかげだろ」

「はい」

「そっか……」

言葉を途切れさせた堺をじっと見ていると、やがて彼は遥の目の前に指先を差し出す。そして、まるで遥の形をとるかのようにそれを動かした。

「今までのお前は、薄い膜に囲まれていた。柔らかいくせに硬いそれは、誰の侵入も許さなかったはずだ。でも、その中に入れる唯一の奴が現れた。いや、そいつだからこそ入れたのかもな……それが、結城だ」

耳慣れない言い回しだったが、なぜだかその言葉はすんなりと心に響いた。

「何も受け入れなかった膜の中のお前は、多分干《ひ》からびそうなほど乾いていたはずだ」

「それは……」

誰に対しても嫌われないようにと笑みを向け、必死で前に歩いていたつもりだが、どこかですべてを拒絶するように膜をまとっていた。

それが、おかしいなんてまったく考えもしなかった。

そんな遥の膜を、ゆっくり、優しさと愛情で溶かしてくれたのが結城だ。

「だけどな、多分あいつの方も、お前に殻《から》を破ってもらったと思っているはずだぞ。俺の耳に入っているあいつは、誰にでも愛想が良いかわり、誰にも深入りしない奴だってさ。お前と話してるだけで俺に牽制《けんせい》してくるような、青臭い嫉妬なんて今まで感じたことないんじゃないか」

「結城君が？」

自分が知っている結城とはまるで違う。

驚く遥に、堺は目を細めて笑った。

「甘えちまえ。わからないならわからない、怖いなら怖いで、何でもあいつに話してやれ。その方があいつにとっても嬉しいんだろうし、お前だって考え過ぎないで済む」

「……」

「お前が二十歳未満なら、セックスはまだ早いって意地悪も言ってやれるが、あいにく成人したいい大人だからな。怖くても、痛くても受け入れるつもりなら、主導権がどっちかなんて気にならないだろ」

そうだ。どんな未知のことでも、結城が相手だったら受け入れる。頑張れると、思った。

堺が言うように、そこまで覚悟しているのなら簡単なことだ。

「僕……頑張りますっ」

「だから、頑張らなくっていいって。ま、あいつが下手だったら、いつでも俺が実地で教えてやるからな」

さすがにそれには頷けず、遥は慌てて首を横に振った。


『いいモンやろう。あいつなら使い道知ってるだろ。礼はしっかり受け取るからって伝えておけよ』

（……って、なんだろう？）

帰り際、堺から渡された小さな紙袋は鞄の中に入れた。渡すのは家に帰ってからと言われたが、その中身が気になってしかたがない。

「どうしたんですか？」

遥の様子に、結城も不思議そうに聞いてきた。

「堺さんが、結城君に渡せって言ったものがあって」

「堺さんが？」

嫌な予感がしたのか、結城の眉間に皺が寄る。気が合うくせに、どこか張り合う兄弟のような二人に、遥は思わず笑ってしまった。

「いいものだって。家に帰ったら一緒に見よう？」

「……ええ」

帰り道、結城は中身を色々考えているらしかったが、結局思いつかないようで、そのまま遥のマンションに着いた。すでに部屋は結城の存在を受け入れていて、遥は違和感なく細々と動いてくれる彼を見つめる。

結城の前ではすっかりその用途がなくなったゴムの手袋は鞄の中だ。そう思った遥は堺の言っていたことを思い出し、鞄の中から紙袋を取り出した。

「結城君、開けてみて」

「ええ」

ローテーブルの上に出されたのは、化粧品のような小さなボトルと、長方形の箱だ。

「……なに？　これ」

遥はまったくわからないが、これを見た瞬間、結城は小さく舌打ちをした。

「あの人は……っ」

　どうやら、結城はこの正体を知っているようだ。仲間外れにされているようで落ち着かなかった遥が訊ねると、最初は口ごもっていた結城が観念したように口を開いた。

「……ゴムと、ローションです」

「ゴムと、ローション？」

　そう言われてもピンとこない。よく見てみようと手を出しかけた遥だが、それを結城は止めてテーブルの隅へとどけた。

「触らなくていいです」

「でも……」

「触ってほしくありません、俺以外の奴が用意したものなんか……」

　苦々《にがにが》しい口調で言う結城の表情は少し怖い。どうしてそんな顔をするのかと不安になると、遥の感情の動きを敏感に悟ってくれた結城は宥めるように手を握ってくれた。

「セックスの時に使うコンドームと、入れる時に慣らすローションです。あの人がどうしてこんなものを遥さんに渡したのかはわかりませんが……いい迷惑ですよね」

　結城の説明を聞いた瞬間、遥は瞬時に顔が熱くなった。

　昼間、あんな相談をしてしまった遥を勇気づけてくれるために、わざわざ恥ずかしい思いをして買ってきてくれたのだ。

堺の気遣いがわかる遥とは違い、突然こんなものを渡された結城は戸惑っただろう。その上、「自分以外が」と言ったのは、多分妬いてくれたからだ。

二人の愛情を感じ、遥は嬉しいと同時に、勇気を貰った気がする。大丈夫だ、遥が不安をぶつけても、きっと結城は受け止め、二人で解決しようとしてくれるはずだ。

「……ゆ、結城君」

堺に文句を言うためか、携帯を手にしていた結城が、遥の声にこちらを向いてくれる。

「僕……結城君に、ちゃんと触れたいと思ってる」

「遥さん……」

結城が驚いているのはわかったが、遥は言葉を止めなかった。

「結城君の、その、アレ……僕のとすごく違って、少し怖いけど……でも、いつまでもラップ越しに触りたくない。ちゃんと、結城君を気持ち良くしたい」

テーブルから身を乗り出すように、遥は今の自分の気持ちをぶつけた。結城がどんな答えを出すのか不安はあったが、それでも今ちゃんと伝えることができたことに安堵する。

誤解だけはして欲しくなかった。遥はちゃんと結城のことが好きで、逃げたいと思っているわけではないのだ。

「……本当に？」

少しして、結城がそう言った。

「一度許してもらったら、俺は遥さんを貪《むさぼ》りますよ？　あなたが怖いと泣いたって、多分止めることはできない。ラップは、俺の暴走を止める最後の手段なのに……」

貪る――――そんなことを言われたのは初めてだ。胸がドキドキするが、怖く、ない。

それよりも、結城は遥のことを大事にし過ぎてくれるのがもどかしかった。恋人同士というのは対等な立場だ。

遥の過去を聞いてから、いっそう気遣うようになってくれた結城の優しさはとても嬉しいが、いつまでも膜に包み、外界に触れさせてくれなかったら自分は乾いてしまう。結城に触れられて、汚れるなんてことはないのだ。

『怖くても、痛くても受け入れるつもりなら、主導権がどっちかなんて気にならないだろ』

「い、一緒に、暴走しようよっ」

「え？」

「僕は、結城君の暴走を止めないから。結城君も……僕を、止めないで、いい」

遥はそのまま自分から結城にキスをした。今までは受け入れることはできても、自ら欲していると見せなかったが、遥もこうして結城にキスをしたかった。

十二年の膜が、数か月で溶けてしまった。

呆気ないと、言われてしまうかもしれない。しかし、遥には十二年も待って、ようやくもとの自分に戻れたような気がしている。

「泣いても知りませんよ」

さらに、そう言ってくる結城に、遥は頷いた。怖がっているのは、結城も一緒だ。

「泣いたら、涙を拭ってくれたらいいよ」

そうしたらきっと、今度は笑って好きな人を見つめることができるはずだ。


お互いのペニスを愛撫し合うことは何度かしてきた。

結城の裸に見慣れるということはまだ完全にはできないが、それでも目を背けることはしないで目の前の綺麗な裸身を見た。

今日は、下肢だけでなく、すべてを結城に晒《さら》すのだ。どんなふうに思われるか、不安と羞恥に僅かに震えながら、ゆっくりと胸元のボタンに手を伸ばした。

「俺にさせてください」

「……自分で外せるよ？」

「したいんです」

少し考えたが、遥は手を下に下ろした。今、この場から逃げ出さないだけでもいっぱいいっぱいで、実は震える指先でボタンがきちんと外せるのか自信がなかったのだ。

慣れた手つきで、器用に結城がボタンを外してくれる。細い指先を見つめながら、ふと、彼は今まで何人の人の服を脱がせてきたんだろうかと考えてしまった。モテる結城が今まで誰ともつき合ったことがないとは思わない。むしろ、これまでの幼稚《ようち》な戯《たわむ》れの中でも、彼が上手いというのは感じていた。

しかし、こんなふうに結城の過去を気にしたのは今が初めてだ。もしかしたら、これが妬きもちという感情だろうか。

「あのね」

すべてのボタンを外す前に結城が手を止めた時、遥は今自分が覚えたばかりの感情を口にした。

「僕、妬きもちやきみたい」

「え?」

「結城君が今までどんな人とつき合ったんだろうって考えたら……嫌な気持ちになったから。モテるの、わかっているのに……」

遥が初めて好きになったのが結城であるように、結城にとっても自分が初めての恋人だったらよかったと、考えてもしかたがないことを思ってしまったのだ。

こんなことを口にすることがまた、恋愛初心者なのかもしれないが、自分がどれだけ結城のことをちゃんと好きなのか、この感情を知ってもらえたらもっとよくわかってもらえるのではないかと思った。

チラッと結城の顔を見てみると、呆れているかもしれないと思った彼の顔は、驚くほどに嬉しそうに綻んでいる。そして、次の瞬間には腕を引かれて抱きしめられていた。

「嬉しいです」

「嫌じゃない？」

「妬いてくれるのは、それだけ俺のことを好きだってことでしょう？　どんどん妬いてくれて構いません」

「……変なの」

「いいんですよ、それが俺の気持ちだから」

そう言いながら結城はごく自然なしぐさで遥の身体をベッドに押し倒した。

「だから、俺が嫉妬してしまうのも、少しだけ許してください」

甘えるように言われ、遥は返事の代わりに結城の頭を抱き寄せる。自分と同じシャンプーの香りが鼻をくすぐり、また、ドキドキが大きくなった。

「ゆっくりしますから、怖くなったら我慢しないで言って」

緊張して声が出そうになく、遥はコクっと頷いて見せる。結城はそのまま残りのパジャマのボタンを外すと、軽く腰を持ち上げるようにして上着を脱がした。

「あ、あんまり見ないでね」

同じ男として恥ずかしいほど貧弱な身体を晒すだけでも勇気がいる。それでも、相手が好きな人だから我慢もできた。心持ち、身体を丸めようと横を向きかけた遥だが、結城は心得ているとばかりに首筋へと顔を寄せてきた。

「でも、見たい」

「あ、あのっ」

「大好きな、遥さんの身体だから」

ずるい言い方だ。そんなふうに言われると、抵抗もできなくない。

おとなしくなった遥の耳もとに、軽く唇が触れた。キスは、大丈夫だ。顔を近づけられても、今度は自分の方から結城を受け入れるように薄く唇を開いた。

すぐに重なり、次いで入ってきた舌になんとか自身のそれを絡める。教えてもらったように合間に呼吸をするが、今日の結城のキスは濃厚で、どうしても息があがる。苦しくて顔を逸らすと、その唇は首筋から胸元へと下りてしまった。チクッと小さな刺激に視線をやれば、なんと、結城の唇が乳首を吸っている。

「ち、違うよっ」

まさか、そんなことをされるとは思わずに必死に結城の頭をどかそうとするが、彼は片手を伸ばして遥の抵抗を止めてしまった。

「違うって？」

胸元で話されるので、息が掛かってくすぐったい。

「ぼ、僕、女の子じゃないしっ」

「それはわかっていますよ。ちゃんと、確かめたし」

そう言いながら、もう片方の手で下着越しにペニスを揉まれてしまった。強い刺激ではないのに、呆気なく反応してしまう自分に眩暈がしそうだ。

「じゃあっ、そんなとこ、舐めないでっ」

「遥さん、男でも胸は感じるんですよ」

「嘘っ」

「本当。少しもおかしなことなんかじゃない。だから、感じたら我慢せずに声を出してください」

甘噛みされてしまい、

「……っ」

（む、無理だよっ）

男が胸を舐められて声を出すなんて、やっぱりおかしい。そう思うのに、次の瞬間歯で甘噛みされてしまい、

「あぅっ」

我慢しようと思っていたはずの声が漏れてしまった。

そうなってしまうと、唇を閉ざしているのは難しくて、遥は結城が乳首を舐めたり、吸ったりするたびに、耳を覆いたくなるような甘い声をあげた。

信じられないことだが、ただの飾りだと思っていたはずの乳首は、刺激されれば立ち上がるし、なにより……気持ち良い。

（嘘、みたいっ）

初めてのセックスはすべてが初めてのことばかりで、予想がつかないことばかりだ。男でも乳首が感じるなんて、結城と抱き合うことがなければ知らなかった。

「あっ」

遥の意識が胸元に言っている間に結城の手は下着に伸び、そのままつるりと脱がされた。

真っ裸になってしまった心細さをどうにかしたくて、遥は目の前の結城に抱きつく。

「遥さん、嬉しいけど……動けません」

「で、もっ」

「ね、少しだけ、離して」

宥められ、何度もキスをされて、遥はようやく少しだけ落ち着いた。

強くしがみついた身体から手を離すと、結城は膝立ちをしてジーンズに手を掛ける。そして、遥のような躊躇いなど一切見せずに全裸になった。

「……っ」

キラキラして、眩しい。憧れるのに十分なスタイルの結城は、遥の視線にくすりと笑った。

（あ……っ）

ゆっくりと視線を移した先では、結城のペニスが雄々《おお》しく勃ち上がっているのが見える。貧弱な自分の身体に欲情してくれているのだと嬉しくて、それ以上に、身体が熱くなってきてしまった。

触れられてもいないのに、結城の裸を見ているだけなのに、どうしてこんなにも感じてしまうのだろう。逸らした先の視線に自分の勃ち上がっているペニスがあって、遥はどうすればいいのかとオロオロするしかなかった。

「悔《くや》しいけど、堺さんのくれたものを使いますね。あれがないと、多分痛いと思いますから」

そう言って、手を伸ばしてボトルを取った結城は、蓋を開けてとろりと粘《ねば》ついた透明な液を手のひらへと移す。

「遥さん、ベッドに横になって、足を開いて」

「あ、足を?」

「準備をします」

何の準備だろうと考えるものの、考えてもわかるはずがない。結城に任せるしかないとベッドに背を預けた遥だが、さすがに彼の目の前で足を開くのは躊躇った。

何度もペニスには触れられたが、この体勢ではその奥の、これまで結城にも見せたことがない場所まで露わになってしまう。潔癖症でなくても恥ずかしさがあるこの体勢を、どうにか変えることはできないか。

「よ、横、向いていい?」

「駄目」

こんな時ばかり、厳しい。

「怖くないですから」

怖いのではなく、恥ずかしいのだと何度も視線で訴えたが、どうやら結城も譲るつもりはないらしい。

遥は、自棄《やけ》になって足を開いた。思いきりよくしたつもりだが、それでもほとんど開いていない状態だ。しかし、結城は「よくできました」と褒めてくれ、ついで、さっき手の中に出したボトルの中身を、そのまま遥の下肢、その、一番奥へと垂《た》らした。

「ひぁっ？」

トロトロとした感触と冷たさに思わず声が上がる。

「な、何する……っ？」

「ここを解《ほぐ》すんです。俺を受け入れてくれる場所だから」

「こ、こって……お尻？」

「男同士のセックスは、ここの穴を使うんです」

「！」

ようやく、遥は男同士のセックスというものを知った。確かに、女の子のように受け入れる場所がない男の身体では、現実的にそこしかペニスを入れることができない。

しかし、

「む、無理！」

遥の視線は結城のペニスに向けられていた。そうでなくてもあんなに大きな結城のペニスが、自分の尻の中に入るはずがない。

絶対に裂け、血だって出るかもしれない。突然せり上がった恐怖に、遥の高まっていた身体の熱は下がり、一瞬で強張ってしまった。

勇気を出したつもりだったが、やはり駄目だ。

遥は首を横に振り、濡れた足をすり合わせるようにして後ずさる。

「ご、めん、僕、できない……」

ここまで来てそう言う自分は本当に酷い人間だ。それでも、この恐怖に打ち勝つだけの気力はない。

「……わかりました」

そんな遥の思いを、結城はすぐにくみ取ってくれた。

「しかたないですね」

どうして、怒らないのだろう。直前で拒絶するなんてと、怒鳴ってくれた方がまだ気持ちが楽だ。――いや、こんな時にまで自分の気持ちを考えてしまうことに、遥は酷い自己嫌悪に陥る。

「シャワー、浴びますか？　気持ち悪いでしょう？」

結城はすでに意識を切り替えたのか、そう言って遥を立たせてくれようとした。しかし、目に映る彼のペニスの勃起は治まっていない。烈情を抱いたまま、それでも遥のために引こうとしてくれている。

（ち……がうっ）

　これでは、今までと何も変わらない。嫌なことから、怖いことから逃げてきた自分は、結城を好きになって変わったはずだ。

「遥さんっ？」

　遥は、片手を腿の間に入れた。粘ついた液を塗りつけるようにし、目を強く閉じて尻の奥の蕾《つぼみ》に指を這《は》わす。

「無理しなくていいからっ」

　結城はそう言ったが、遥は首を横に振った。今度は拒絶の意味ではなく、ここで止めて欲しくないという懇願だった。

「痛く、ても、いっ、怖くても、結城君が、いるっ」

　だから、続けてと、声を振り絞った。

　最初の一歩が怖いのなんて当たり前だ。しかし、この一歩を踏み出さなければ、何時まで経っても前に進めない。

「遥さん……」

　結城の手が、シーツを握りしめていたもう片方の遥のそれに重なり、強く包みこんできた。

「……大好き」

その声が、震えていると聞こえたのは気のせいかもしれないが、遥は何度も頷き、自分も好きとうわ言のように繰り返した。


とにかく、よく慣らしてからと言われたが、もう十分以上、二十分近く、尻の蕾を弄《いじ》られている。

たっぷりあの液を使い、心のどこかでできるのかと不安に思っていた遥の気持ちとは裏腹に、そこは結城の指を三本も含めるほどに広がった。

「んぁっ……う、くぅっ」

身体の中に、異物が入っている。それが、バラバラに中を刺激してきて、遥はすでに痛みとは違う圧迫感に呻《うめ》いた。

爪で中を引っ掻かれる度、ビクビクと身体が跳ねる。指を入れられた衝撃で萎えていたペニスは再び勃ち上がると、たらたらと先走りの液を零していた。

これ以上焦らされると、つらい。

遥は、身体の中を穿つ結城の指を締めつけた。

「も、いっ、からっ」

真剣な表情で慣らしてくれていた結城は、その声に顔を上げる。端正な顔には汗が浮き出ていて、彼も我慢してくれているのだとわかった。

「……本当に？」

「んっ」

もしかしたら、駄目かもしれない。実際に結城のペニスを入れられたら、痛くて泣きわめいてしまうかもしれない。それでも、今度こそ覚悟ができた。

「力を入れないでくださいね」

声を掛けられると同時に、身体の中いっぱいにあった指が引き抜かれる。ほうっと、息をついた、その瞬間だった。熱く、固いものが入口に押し当てられたかと思うと、

「ひあぁぁぁ！」

グチッという粘ついた音と共に、限界以上に蕾を押し広げながらペニスが中に入ってきた。

「……ひ……っ」

苦しくて、息ができない。無意識に身体に力が入ったのか、ペニスを含んだ蕾が悲鳴を

上げた。

痛くて、熱くて、苦しい。

怖いのに――それなのに、心のどこかで、結城と一つになれたという思いが込み上げる。

「まだ、先端が入って、ない、からっ」

「！」

（う、そっ）

こんなに苦しいのに、まだほんの序盤《じょばん》らしい。どうなるのかと呆然とした拍子に身体から力が抜けたのか、荒い息遣いと共に熱塊がさらに中へと押し入ってきた。

同時に、挿入の衝撃に萎えたペニスに手が伸ばされ、扱《しご》かれると、少しだけ息をつくことができる。

「もう少し、我慢して」

見上げる結城の顔は、苦しそうなのに、嬉しそうだ。視界がぼやけている自分はきっと泣いているだろうが、それでも結城と同じように、嬉しくてたまらない。

ようやく、尻に結城の恥毛が押し当てられた時、遥はもうぐったりとして身体のどこにも力が入らなくなっていた。挿入を開始してからこれまで、いったい何分かかったのかわからないが、相当な時間だったはずだ。

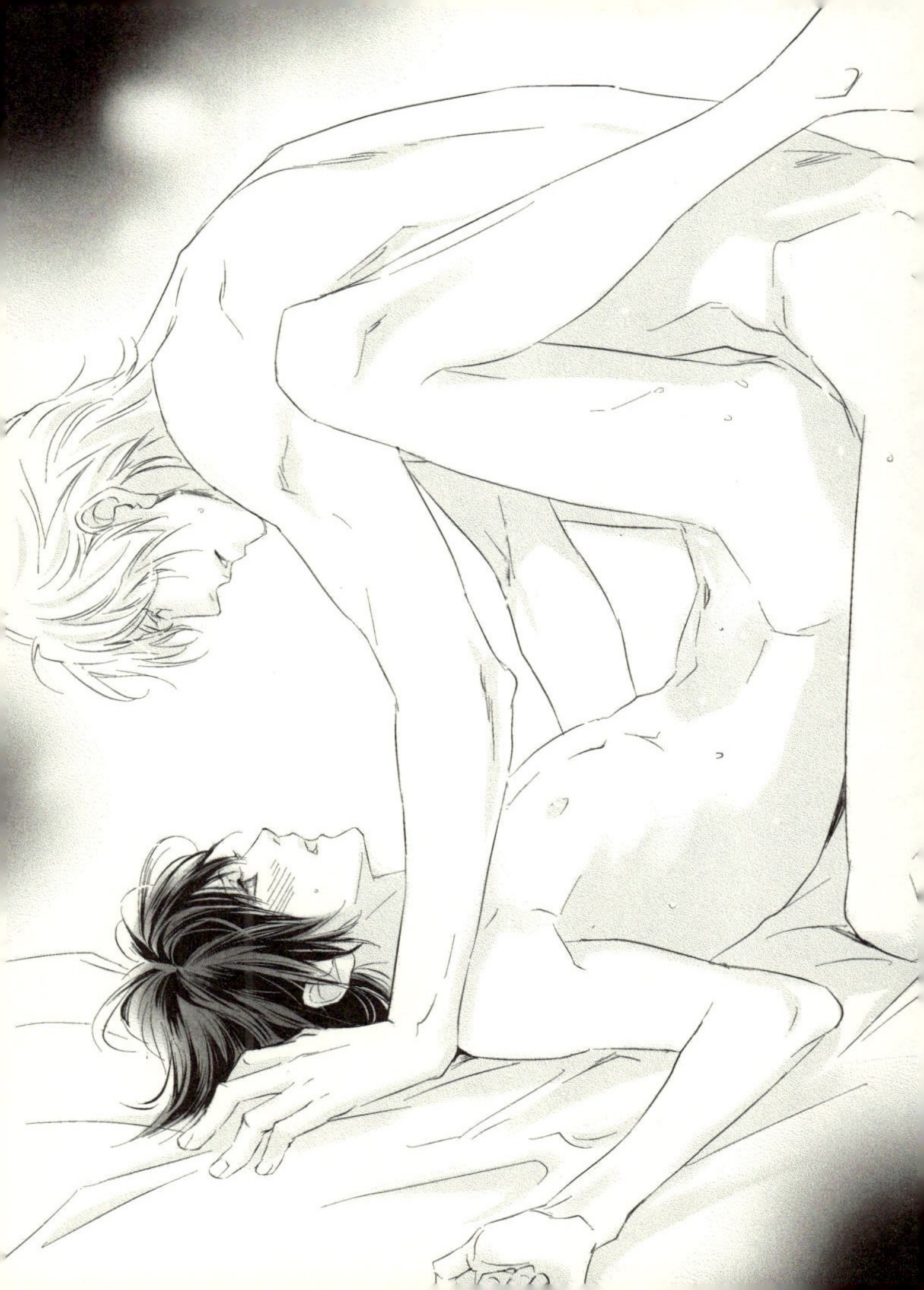

「遥さん」

　これ以上ないほど身体を密着させたまま、結城が遥の唇にキスをしてくれる。

「嬉しくて、泣きそうです」

「……んっ」

　もっと、何か言いたかったが、遥は胸がいっぱいでただ頷くしかできなかった。

　それを見た結城はもう一度キスをしてくれて、ゆっくりと腰を動かし始める。ジンジンと引き攣《っ》れた感覚になっていたそこは、そんな結城のペニスに縋るように絡みつき、押し入れられる時には喜んで迎え入れ始めた。

　すべてが溶け合って、一つになっている感じだ。

「んはぁっ、あっ、あんっ、ゆ、き、くっ」

　身体の中を、力強くかき混ぜられる。別々の呼吸が一つになった次の瞬間、遥は結城の腹に精を吐きだし、間をおかずに最奥に熱いものが広がった。

　射精した余韻に遥は結城にしっかりと抱きつき、結城は遥に体重を乗せまいと片ひじで自身の身体を支えていたが、しばらくして小さな声が聞こえた。

「……ゴム、つけ忘れてました」

「……あ」

そう言えば、堺はゴムも買ってくれていたのだ。

「すみません」

迂闊《うかつ》だったと後悔する結城の顔を見ていた遥は、頬が緩むのがわかった。ゴムを付ける余裕がないほど、結城も夢中でいてくれたのだ。

経験の差が気になっていたが、そんなものは実は重要ではないのかもしれない。お互いの身体にどれだけ溺れることができるか。少しだけ、遥も自信を持っていいかもと、一心に自分を貪《むさぼ》った年下の恋人がたまらなく可愛く思えた。

エピローグ　メロメロな蜜月

「堺さんはクリスマスの予定、ないんですか？」

「……よく言うな。俺は引く手あまたで絞り切れていないないんだよ」

他の人が言ったら負け惜しみにも聞こえるが、堺が言うと本当のように思える。面倒見が良くてカッコいい堺は、多分言っている以上にモテているんだろう。

（きっと、結城君も……）

遥とつき合っていることを公言していない結城は、対外的にはフリーだ。この機会に親密な関係になってやろうと積極的に迫っている女の子は大勢いると思う。

それでも、遥は結城を信じることができる。身も心もちゃんと結ばれた今、お互いを信じることは苦ではない。

「あの」

「はい？」

その時、カウンターに一人の学生がやってきた。ちょくちょく図書館を利用してくれる学生で、遥も顔と名前を覚えている。

「クリスマス、空いてますか？」

「え？」

「あの、俺たち仲間内でパーティーやろうってなってて……白石さんも、よかったら一緒に……」

唐突な誘いには驚いたが、彼が自分のことを図書館の職員という大勢の中の一人ではなく、ちゃんと白石遥個人として見てくれているのが素直に嬉しい。今まで、人に誘われるということ自体が怖いと思っていた自分が嘘みたいだ。

自然に浮かび上がってくる笑みを見て、学生はなぜか赤くなり、隣にいる堺は抑えろというわけのわからないことを言ってきた。

「ありがとうございます、誘ってくれて」

「じゃあ……」

「でも……」

「あいにく、先約有りだから」

「あ、結城君？」

いつのまにやってきたのか、結城が学生の横に立っている。身長は少し結城の方が高く、なにより自信ありげな態度は彼を一回り大きく見せた。

「ね、遥さん」

「は、遥さん？」

人前では呼ばない名前呼びをされたが、遥はその意味に気がつかない。むしろ、思いがけなく結城の顔を見ることができて嬉しかった。

「うん、そうだね」

結城と初めて迎えるクリスマス。何をしようか、どんなものを食べたいか、毎日話し合うのが楽しい。きっと街中にはいかないだろうが、それでも十二分にクリスマス気分を謳歌《おうか》しようと思っていた。

「ごめんなさい、結城君と約束しているから」

「あ……はい」

「悪いな」

にっこり笑う結城を見てなぜか青褪《あおざ》めた学生は、早々に図書館の中から立ち去ってしまった。あんなに慌てて、こけなければいいけどと心配になる。

「……ねえ、遥さん。あんなふうに誘われるの、今日が初めて？」

「ブー」

遥が答える前に、堺がペンを持った手を振りながら答えた。

「最近、よく声を掛けられるよな？　クリスマスへの誘いは、今の奴で四人目」

そう言いながら、手元の紙を上げて見せる堺。その隅に、正の字が書かれているのを見て唖然とした。

「仕事中に何してるんですか」

先輩に対しても一応注意しようとした遥とは違い、結城はそれを食い入るように見てから大きな溜め息をつく。

「我慢している方が馬鹿みたいだろ」

「そうですね」

また、意味のわからないことを言い合い、お互いに納得をしている二人の顔を交互に見ても、遥はそれらしいことがまったく思い浮かばない。

問い掛けるように結城の顔を見上げる遥に、彼はいつものように優しく笑いかけ、そっと頭を撫でてくれた。

「今日は残業ありますか？」

「……ないよ」

明らかに話題を逸らされたのには気づいたが、結城が遥に言わないということは知らなくてもいいことだ。いや、ちゃんと聞けば、彼は必ず答えてくれるとわかっている。

(別に、今じゃなくてもいいことだし)

「あとで迎えに来ますね」

「うん」

そう言った結城が、堺から見えないように遥の指先に自分のそれを絡ませてきた。仕事中なのでゴム手袋をしているが、今はそれがもどかしい。

結城とは、ちゃんと素肌で触れ合いたいし、その心地の良さを遥はもう知っていた。

「あとでね」

二人きりになれば、結城は遥の膜をそっと破いてくれる。早く、素肌の熱さを感じたいと思っている自分も不謹慎かもと思いながら、遥は込み上げてくる想いのまま結城に満面の笑みを向けた。

END

あとがき

こんにちは、ｃｈｉ－ｃｏです。今回は「一歩、前に～潔癖症からの卒業～」を手にとってくださってありがとうございます。

今まで出していただいた平安トリップものとは違う、現代の話。しかも、私にとっては珍しい純愛ものです。もともと、王道、溺愛ものが好きなので、こういった話はよく読んでいるのですが、実際に自分で書いてみると背中がかゆくて(笑)。ですが、とても楽しく書けました。

溺愛好き読者様には、これでもまだ物足りないかもしれません。私も、完全にくっついた後のベタベタな様子をもう少し書きたかったなと思いますが、多少物足りない方がいい、と、思いなおしました。

大学生と、社会人。年下攻めですが、かなり大人びた攻めになっているかと思います。束縛するというよりは、見守りたいと思う彼は本当にできた恋人なので、初めて恋をした受け君もきっと幸せになってくれるはず。

この後の二人の日常を自然と思い浮かべることができたのなら嬉しいです。

今回、イラストを描いていただいたのはみずかねりょう先生です。

とても繊細で、柔らかな雰囲気の絵で、二人並んだ絵はとても綺麗です。初々《ういうい》しい雰囲気にもぜひご注目ください。

次は「君恋《きみこ》ふ」でお会いできると思います。


サイト名『your songs』　http://chi-co.sakura.ne.jp

セシル文庫をお買い上げいただき、ありがとうございます。
この本を読んでのご意見・ご感想・ファンレターをお待ちしております。

☆あて先☆
〒154-0002　東京都世田谷区下馬6-15-4
コスミック出版　セシル編集部
「chi-co先生」「みずかねりょう先生」または「感想」「お問い合わせ」係
→EメールでもOK!　cecil@cosmicpub.jp

セシル文庫

一《いつ》歩《ぽ》、前《まえ》に　～潔癖性《けつぺきしよう》からの卒業《そつぎよう》～

【著者】　chi-co《ちーこ》
【発行人】　杉原葉子
【発行】　株式会社コスミック出版
〒154-0002　東京都世田谷区下馬 6-15-4
【お問い合わせ】　-営業部-　TEL 03(5432)7084　FAX 03(5432)7088
-編集部-　TEL 03(5432)7086　FAX 03(5432)7090
【ホームページ】　http://www.cosmicpub.com/
【振替口座】　00110-8-611382
【印刷／製本】　中央精版印刷株式会社